KB123944

로크미디어가
유혹하는
재미있는 세상
ROK
MEDIA
로크미디어

만렙닥터 리턴즈

만렙 닥터 리턴즈 14

2023년 1월 12일 초판 1쇄 인쇄
2023년 1월 17일 초판 1쇄 발행

지은이 13월생
발행인 강준규

기획 이기헌 왕소현 박경무 강민구 조익현
책임편집 주현진
마케팅지원 이원선

발행처 (주)로크미디어
출판등록 2003년 3월 24일
주소 서울시 마포구 마포대로 45 일진빌딩 6층
Tel (02)3273-5135 **Fax** (02)3273-5134
홈페이지 rokmedia.com **E-mail** rokmedia@empas.com

값 9,000원

ISBN 979-11-408-0564-8 (14권)
ISBN 979-11-354-7400-2 04810 (세트)

ROK MEDIA
로크미디어
만렙닥터
13월생 현대 판타지 장편소설
14
리턴즈

Contents

황제의 귀환

5년 후.

김윤찬이 자신의 여자, 윤이나를 치료하기 위해 미국으로 떠난 지 5년이라는 시간이 흘렀다.

처음에는 막막했다.

이나의 병은 심각했으며, 이기석 교수 외에는 일면식도 없는 존스홉킨스에서의 생활은 녹록지 않았다.

하지만 천하의 김윤찬 아니던가?

미국으로 건너간 김윤찬은 이기석 교수와 함께 윤이나 치료에 전념하는 동시에, 존스홉킨스 심장 센터에 배속되어 임상과 연구를 계속했다.

김윤찬의 정성 어린 치료와 존스홉킨스의 최첨단 의료 시스템 덕분에, 윤이나는 극적으로 회복될 수 있었다.

물론 어느 정도 회복이 되자 두 사람은 미국에서 조촐하게 결혼까지 할 수 있었다.

일취월장! 파죽지세!

낭중지추라고 했던가?

김윤찬의 실력은 우물 안 개구리가 아니었다.

이곳 미국에서도 김윤찬의 수술 실력은 타의 추종을 불허할 만큼 빼어났다.

물론 동양인으로서 차별과 제약이 있었지만, 김윤찬은 오로지 실력으로 모든 장벽을 허물며 지금 최고의 써전이 되어 있었다.

5년간, NEJM(New England Journal of Medicine) 등 유수의 세계적인 학회에 커버 논문으로 등재된 것만 십여 차례.

그는 미국 심장협회가 꼽은 미국 내 20대 심장외과 써전에 뽑힐 만큼 발군의 실력을 발휘했다.

임상이든 이론이든 김윤찬은 빠른 속도로 진화해 가고 있었다.

미국 심장협회가 인정하는 심장 분야 전문의 자격까지 취득한 김윤찬.

이젠 한국으로 돌아갈 때가 왔음을 인지한 그였다.

존스홉킨스 심장 센터.

"미라클 찬! 꼭 돌아가야 하나?"

미라클 찬은 이곳 존스홉킨스에서 김윤찬을 부르는 애칭이었다.

존스홉킨스 심장 센터장, 케빈 브라운이 아쉬운 듯 입맛을 다셨다.

"네, 처음부터 5년 후에는 돌아갈 생각이었습니다. 그동안 많은 가르침을 주셔서 감사합니다."

"웁스! 가르침을 주긴? 솔직히 내가 미라클 찬한테 배운 게 더 많아. 원래 한국 의사들은 그렇게 부지런한가? 아니, 독한가?"

존스홉킨스에 있는 동안, 김윤찬은 한국에서의 레지던트 생활보다 더욱더 혹독하게 근무했다.

대부분의 응급실 환자를 도맡아 치료했으며 그 누구보다 일찍 업무를 시작해 늦게 마쳤으니, 케빈 브라운의 눈으로 볼 땐 의아했을 것.

"뭐, 다들 군대에 다녀온 경험들이 있으니, 이 정도는 별거 아닙니다."

"오 마이 갓! 별거 아니라고? 게다가 의사들도 군대에 간단 말인가? 의무적으로?"

"예, 그렇습니다. 한국 의사들은 다들 이렇게 일합니다."

"믿을 수가 없군! 아무튼, 찬 덕분에 우리 심장 센터가 3년간 전미 1위를 했어. 자네만 남아 있어 준다면 우리 찬에게 최고의 대우를 해 줄 준비를 하고 있다네."

"최고의 대우라……. 차도 주십니까?"

"물론이지. 페라리를 그토록 타고 싶어 하지 않았나? 자네 와이프인 제니퍼(윤이나의 미국 이름)가 회복되면 페라리를 타고 전미 투어를 해 보는 게 소원이라고 했던 것 같은데?"

케빈 브라운이 눈을 게슴츠레 뜨며 김윤찬을 유혹했다.

"페라리라……. 이거 갈등이 되네요?"

"그렇지! 다시 한번 생각해 보도록 해. 프로페서 리(이기석)도 찬이 이곳에 남았으면 하는 것 같던데? 두 사람이 힘을 모아 우리 심장 센터를 세계 1위로 올려놓는다면, Now I can die peacefully(죽어도 여한이 없어)!"

케빈 브라운이 김윤찬의 손을 덥석 잡았다.

"네, 저도 그러고 싶지만, 그 목표는 이기석 교수님만 계셔도 이뤄질 목표일 겁니다. 저는 그저 거들 뿐이죠."

"노노! 그렇지 않아. 자네가 우리 심장 센터에 기여한 게 얼마나 큰데, 그런 섭섭한 말을 하나?"

케빈 브라운이 단호한 표정으로 고개를 가로저으며 말했다.

"네, 그렇게 인정해 주셔서 감사합니다. 다만, 존스홉킨스는 제가 없어도 괜찮지만, 대한민국의 연희는 그렇지 못한 것 같더군요. 그러니 제가 가서 힘을 좀 보태야 할 것 같습니다."

"음……. 고집불통이구먼. 좋아! 그러면 우리 이렇게 합시다. 이곳의 문은 언제든지 열려 있으니, 한국에 돌아가 연희 심장 센터를 제 궤도에 올려놓으면, 다시 돌아오는 걸로 합시다. 어때요?"

"연희병원 심장 센터를 세계 1위로 올려놓는 것이 제 목표인데도요?"

"웁스! 하여간 욕심하고는! 자네를 당할 수가 없어. 좋습니다! 그럼 1위 만들어 놓고 와요. 그러면 그때는 우리가 도전자가 되는 건가?"

"그렇게 되는 건가요? 아무튼 5년 동안 교수님의 보살핌이 없었으면 전 결코 이곳에서 견뎌 낼 수 없었을 겁니다. 언제나 마음속 깊이 교수님을 제 스승으로 모시겠습니다."

"후후후, 찬의 눈빛을 보니 설득하려던 내가 어리석었어요. 그래요. 한국에 가서 지금의 이 훌륭한 실력으로 많은 사람을 살려 내도록 해요. 내가 계속 지켜볼 겁니다."

"네! 명심하겠습니다."

그렇게 김윤찬은 치열했던 5년간의 미국 생활을 마치고 대한민국으로 돌아갈 것을 결심했다.

김윤찬의 아파트.

메릴랜드 주, 볼티모어 다운타운에서 차로 대략 15분 거리에 있는 한적한 곳이 김윤찬, 윤이나의 보금자리였다.

“당신을 두고 먼저 들어가는 게 마음에 걸려.”

2년간의 투병 생활을 잘 이겨 낸 김윤찬의 아내, 윤이나. 이제 그녀는 거의 회복 단계에 이르렀다.

“엄마가 와 있으니까 괜찮아.”

윤이나의 어머니가 한국에서 건너와 그녀를 간병하고 있는 상황이었다.

“그래도……. 같이 한국에 들어가면 안 될까? 내가 영 발이 떨어지지가 않아서 그래.”

여전히 안심이 되지 않은 듯한 김윤찬의 표정이었다.

“후후, 정말 괜찮다니까? 나도 이왕 미국에 왔으니, 뭔가 결과물을 가지고 돌아가고 싶어요.”

병상에서 털고 일어난 윤이나는 존스홉킨스에서 소아외과 전문의 과정을 밟고 있었다.

전문의 자격을 취득하려면 아직 수련의 과정이 필요한 상황이었다.

“너무 무리하지 마. 이제 병에서 회복된 수준이지, 완치를 의미하는 건 아니니까.”

"응. 이기석 교수님이 돌봐 주시고 계시니까 너무 걱정 마요. 전문의 자격 취득하면 바로 당신 보러 갈게요. 잘생긴 우리 윤찬 씨! 보고 싶어서 어쩌지?"

윤이나가 사랑스러운 표정으로 김윤찬의 얼굴을 매만져 주었다.

"그러니까 같이 가자니깐! 이나야, 사랑해!"

"나두!"

윤이나를 번쩍 들어 올린 김윤찬이 그녀를 데리고 침실 쪽으로 향했다.

♥

10일 후.

김윤찬은 한국행 비행기에 몸을 실었고, 마침내 5년 만에 대한민국으로 돌아왔다.

의술의 신의 귀환이었다.

그렇게 그가 인천공항에 도착하자마자 향한 곳.

서울 변두리에 위치한 아담한 규모의 심장 클리닉이었다.

'녀석! 그렇게 자기 이름 걸고 병원 하나 차리는 게 소원이라더니, 결국 차렸네?'

김윤찬이 입가에 미소를 머금은 채 주변을 둘러보며 입을 열었다.

"이야, '이택진 심장 클리닉'이라? 뭐 좀 있어 보이는데?"

쉽지 않은가 보군.

멋지다고는 했지만, 사방에 각종 예방접종 광고지가 붙어 있어 살짝 난잡해 보이기까지 했다. 게다가 지저분하게 널브러져 있는 데스크까지.

한눈에 봐도 썩 잘되지는 않는 모습이었다.

"윤찬아!"

김윤찬의 목소리가 들리자 이택진이 득달같이 달려 나왔다.

"오랜만이네, 친구?"

"야, 이 새꺄! 너 다음 주에 온다고 했잖아? 왔으면 연락을 해야 할 것 아냐?"

"뭐, 사정이 있어서 먼저 도착하게 됐어."

"아무리 그래도 그렇지, 나한테는 연락을 했어야지. 몸은 괜찮냐? 이나 선배는? 수술 잘 끝났다는 소식은 들었는데, 완치된 거야?"

이택진이 김윤찬의 몸 구석구석을 만져 보며 얼굴에 홍조를 띠었다.

"인마, 한 번에 하나씩만 물어봐. 그렇게 따발총처럼 떠들면 내가 어떻게 대답을 해?"

"알았어, 알았어. 일단 앉아."

이택진이 김윤찬의 옷소매를 잡아끌어 소파에 앉혔다.

잠시 후.

"환자는 좀 있니?"

김윤찬이 주변을 둘러보며 조심스럽게 물었다.

"후후후, 세상 쉬운 거 아무것도 없더라. 병원에서 따박따박 월급 받는 게 훨씬 나은 것 같아."

병원 일이 시원찮은지 이택진의 표정이 어두웠다.

"음, 그래도 갖출 건 다 갖춰 놓은 것 같은데? 마케팅만 좀 하면 나아지지……."

"아서라. 온갖 빚, 다 내서 차린 빛 좋은 개살구야. 이거 다 내 거 아니다? 전부 은행 거지!"

이택진이 냉소적인 표정으로 주변을 훑어 내렸다.

"그렇구나. 그렇게 안 좋아?"

"됐고! 그런 구질구질한 얘기는 그만하자. 그나저나, 이나 선배는 괜찮은 거지?"

"응, 많이 좋아졌어."

"와! 진짜 다행이다. 하기야, 네가 있는데 무슨 걱정이냐? 게다가 이기석 교수님도 계시고."

"그래. 이 교수님이 고생 많이 하셨어."

"그럼 이번에 이나 선배도 같이 온 거냐?"

"아니, 이나는 미국에서 전문의 자격 취득하고 내후년쯤

귀국할 거야."

"그래? 괜찮겠냐?"

"물론이지. 이나가 겉보기엔 여리여리해도 보통 강단이 아니야. 잘 해낼 거야. 장모님도 옆에 계시니 큰 문제는 없을 거고. 그나저나, 제수씨랑 연수는 잘 있지?"

그사이 이택진도 결혼해 슬하에 3살짜리 딸 하나를 두고 있었다.

"당연하지. 우리 딸내미와 황이프님은 아비 잘 둔 덕에 호의호식하고 있지."

이택진이 씁쓸한 미소를 입가에 지었다.

"후후후, 여전하네. 그나저나 오랜만에 불알친구가 왔는데, 쓰디쓴 다방 커피 한 잔 안 내놓는 건, 무슨 경우냐?"

"차는 무슨? 오늘 진료 다 끝났으니까, 나가서 찐하게 한잔해야지."

"벌써 진료 끝났다고?? 너 이렇게 대충 해도 돼?"

"당근! 원장 좋다는 게 뭐냐? 환자 없으면 그냥 셔터 내리는 거지! 빨리 나가서 돼지갈비에 쐬주나 한잔하자!"

"한잔은 무슨, 차 가지고 왔다."

"차는 무슨, 너같이 굴면 대리 하는 친구들 다 굶어 죽는다. 아니면 한잔하고 자고 가면 되잖아. 너 우리 황이프, 사진으로만 봤잖아? 이참에 인사도 하고 우리 애들한테 용돈 좀 투척하고 말이야."

"후후후. 그럴까, 그럼?"

"당근이지! 일단 나가자!"

"좋아!"

잠시 후, 돼지갈빗집.

점점 테이블에 쌓여 가는 빈 소주병들. 오랜만에 만난 두 절친은 시간 가는 줄 모른 채, 주거니 받거니 잔을 비우고 있었다.

5년간의 공백을 단숨에 메우려는 듯 이택진은 입에 침을 튀겨 가며 끊임없이 떠들었다.

하지만 이택진의 수다를 듣고 있던 김윤찬의 표정은 무척이나 어두워 보였다.

"네가 이렇게 돌아와서 얼마나 좋은지 몰라! 윤찬아, 부탁인데, 제발 네가 이제부터 빌어먹을 연희 좀 바로잡아 주라. 아주 내가 속이 터져 죽는다! 어?"

또르르, 이택진이 자기 잔에 소주를 따라 단숨에 삼켜 넘겼다.

'크읍, 어쩌다 연희가 이 모양, 이 꼴이 된 건지.'

이택진이 손등으로 입술을 훔쳐 내며 인상을 구겼다.

"그래서 고함 교수님이 은퇴를 하셨다는 거지?"

또르르, 김윤찬이 심각한 표정으로 자신의 잔에 술을 채웠다.

김윤찬이 연희병원을 떠난 사이, 고함 교수의 신변에 문제가 생긴 것이 틀림없었다.

"음, 너도 알다시피 고함 교수님이 걸어 다니는 병동 아니냐. 고혈압에 신장도 안 좋으시고……."

쭈욱, 이택진이 천천히 소주잔을 들이켰다.

말도 안 되는 소리!

"그래서 몸이 안 좋으셔서 병원을 은퇴하셨다고? 그 말도 안 되는 소리를 나보고 믿으라는 거야?"

김윤찬의 얼굴이 얼음장처럼 차가워졌다.

"……."

이택진이 젓가락을 들고 애꿎은 돼지갈비 뼈다귀만 휘적거릴 뿐, 김윤찬의 눈치를 보며 아무 말이 없었다.

"몸이 전부 부서져 가루가 되는 한이 있으셔도 수술방에서 돌아가실 분이야. 내가 아는 고함 교수님은 절대로 스스로 메스를 놓을 리가 없어. 괜히 내 눈치 보면서 간 보지 말고 얼른 사실대로 말해."

김윤찬의 시선이 이택진의 입 쪽으로 날라와 날카롭게 박혔다.

"그래. 이제 와서 내가 무슨 말을 못 하겠냐? 쫓겨나셨어, 결국! 고함 교수님도 더 이상은 못 버티시더라. 제기랄, 이모! 여기 맥주잔 하나 하고 소주 한 병 더요!"

이택진이 빈 소주병을 들며 소리쳤다.

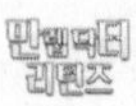

"뭐, 뭐라고? 누가 쫓겨나?? 이택진! 지금 무슨 소리를 하는 거야? 그동안 그런 얘기 없었잖아?"

이택진의 말을 듣자마자 김윤찬의 눈에 푸른빛이 일렁거리기 시작했다.

"그거야 고함 교수님이 너한테 절대 연락하지 말라고 신신당부를 하시는 바람에 어쩔 수 없었지."

"미쳤군! 감히 누굴 내보내?"

"하아, 어떡하겠니? 권력 싸움에서 졌으면 물러나야지. 별 도리가 없지."

"권력 싸움? 그게 무슨 개떡 같은 소리야?"

"나도 몰라! 그런 개떡 같은 일이 있었으니까! 너 없는 동안에."

벌컥벌컥, 이택진이 맥주잔에 소주를 부어 담더니 단숨에 들이켰다.

"이택진! 빨리 설명 안 해?"

김윤찬은 이미 기다릴 마음이 없어 보였다.

김윤찬이 맥주잔을 들고 있던 이택진의 손목을 잡아챘다.

"알았어, 알았어! 크읍, 사실은 그게 말이야……."

그렇게 이택진은 김윤찬에게 최근 5년간 연희병원에서 벌어졌던 복마전에 대해 입을 열기 시작했다.

김윤찬과 이기석 교수가 미국으로 떠난 후, 고함 교수는 고립무원의 처지가 되어 버렸다. 그 틈을 놓치지 않은 한상훈 교수는 과의 중요한 일에 고함 교수를 배제하기 시작했고, 그렇게 고함 교수는 아웃사이더로 전락하고 만다.

게다가 워낙 성정이 불같고 타협이라는 걸 모르며 불의를 보면 참지 못하는 성격이라, 점점 다른 교수들과 각을 세우면서 주변에 사람들이 하나둘씩 떠나가게 되었다.

고함 교수는 그렇게 더욱더 외로운 처지에 놓일 수밖에 없었다.

반면에 한상훈 교수는 절치부심, 주변 사람들을 자기 사람으로 만들면서 병원 내 자신의 입지를 다져 나가다 결국, 고함 교수를 밀어내는 데 성공할 수 있었다.

어떻게 보면 큰 피해 없는 무혈입성에 가까운 한상훈 교수의 승리였다.

"그깟 일로 고함 교수님이 쫓겨났다는 거야? 우리나라 최고의 흉부외과 써전이? 병원에서 가만 놔뒀다고?"

여전히 이택진의 말을 믿을 수 없다는 표정의 김윤찬이었다.

"그야 당연하지. 사실 천하의 고함 교수를 누가 내쫓겠어? 너도 알다시피, 고함 교수를 찾는 환자가 연간 수백, 수천 명이야. 치료를 받으려고 제주도에서도 올라오는 판에 누가 쫓아내겠어? 병원 입장에서도 난감했을 거야."

"그래서?"

"그런데 한상훈 교수가 원장한테 확실히 어필을 했나 봐. 솔직히, 한상훈 교수 실력은 제법 알아주잖아. 음, 결정적으로……."

"교수님이 스스로 결정하셨다는 거냐?"

"맞아. 그냥, 제 발로 나가신 거지. 똥이 무서워서 피하냐? 더러워서 피하지. 고함 교수님은 더 이상 한상훈과 같은 지붕 아래 있고 싶지 않으셨던 거지. 나 역시 같은 마음이었으니까 나가서 있는 빚, 없는 빚 죄다 영끌해서 병원 차린 거잖아."

'제기랄, 그런데 그 병원마저 이젠 적자 오브 적자니!'

후우, 이택진이 깊은 한숨을 내쉬었다.

"……그래서 지금 고함 교수님은 어디 계시는데?"

참담한 표정의 김윤찬이 물었다.

"뭐, 고 교수님이 가실 데가 어디 있겠냐? 옛 친구한테 가셨지."

"이상종 교수님께?"

"그래. 지금 정선에 계셔. 텃밭 일구시거나 소일거리 하시면서 이 교수님 도와드리고 계신다."

이택진이 고개를 끄덕였다.

"그래? 지금 당장 정선으로 가자."

탁, 김윤찬이 술잔을 내려놓더니 자리에서 벌떡 일어났다.

"야, 지금이 몇 시인데? 게다가 우리 둘 다 이렇게 취했는데 어딜 가? 앉아!"

이택진이 김윤찬의 옷소매를 잡아당겼다.

"……."

"가더라도 오늘은 우리 집에서 자고 내일 가. 그러면 되잖아?"

"……."

또르르, 말없이 빈 술잔에 술을 채우는 김윤찬. 술잔에 비친 그의 얼굴에 분노가 일렁거렸다.

"그나저나 정선에는 내려가서 뭘 어쩌려고? 이미 교수님은 마음의 결정을……."

"아니, 모든 걸 원래대로 돌려놔야지! 지금 한상훈이 앉아 있는 그 자리는 원래 고함 교수님 거야! 어딜 감히 그따위가 앉아서 자릴 더럽혀!"

벌컥벌컥, 김윤찬이 소주병을 든 채 입 속에 부어 넣었다.

이튿날, 김윤찬은 이택진과 함께 고함 교수를 만나기 위해 정선분원으로 향했다.

정선분원 이상종 교수실.

"아니, 이게 누구야? 우리 조카사위 아닌가? 어서 와라, 윤찬아!!"

쿵쾅쿵쾅.

쾅!

거의 뛰는 듯한 발소리가 들리더니, 이상종 교수가 거칠게 문을 열고 안으로 들어왔다.

왕진 나갔다 김윤찬이 귀국했다는 소식을 전해 들은 이상종 교수. 그가 한걸음에 달려왔다.

"교수님! 안녕하세요! 저 왔습니다."

김윤찬이 자리에서 일어나 반갑게 그를 맞이했다.

"아이고야! 어떻게 된 거야? 다음 주에나 온다더니! 우리 조카사위, 얼굴 좀 보자!"

와락, 이상종 교수가 김윤찬의 양팔을 잡아당겨 끌어안았다.

이상종 교수가 세상 흐뭇한 표정으로 김윤찬을 응시했다.

"죄송합니다. 어떻게 하다 보니 그렇게 됐습니다. 미리 연락을 드렸어야 했는데……."

"아니야, 아니야. 괜찮아! 건강하게 잘 돌아왔으면 된 거지! 어디 보자, 우리 조카사위!"

이상종 교수가 환한 얼굴로 김윤찬의 얼굴을 쓰다듬었다.

"우리 이나는 건강한 거지?"

"그럼요! 많이 회복되었어요. 요즘 전문의 자격시험 때문에 눈코 뜰 새 없이 바빠요."

"그래그래. 건강하다는 소식을 들으니 마음이 놓이는구나!"

이상종 교수가 김윤찬을 보며 호탕하게 웃었다.

"와! 교수님! 저도 알은척 좀 해 주시죠? 이거 너무 차별대우가 심하신 거 아니세요?"

그 모습에 이택진이 입을 삐죽거렸다.

"하하하, 그래그래. 자네도 왔나? 어서들 와! 어서들!"

이상종 교수가 김윤찬과 이택진의 손을 어루만지며 반가워했다.

잠시 후.

그렇게 5년 만에 다시 만난 이상종 교수와 김윤찬.

그들은 지난 시간의 공백을 메우려는 듯 한참 동안 즐거운 대화를 나눴고, 곧 화제는 고함 교수 쪽으로 향했다.

"교수님, 고함 교수님은 지금 어디 계십니까?"

"글쎄다. 요즘 그 인간이 등산에 재미를 붙였는지 허구한 날 산에 올라간다. 오늘도 아침 일찍 일어나자마자 저기 유한산에 올라갔어. 이제 곧 내려올 거야."

"음, 택진이한테 대충 얘기는 들었습니다."

"그래? 그러면 대충 병원 꼴이 어떻게 돌아가는지도 잘 알겠구나?"

이상종 교수가 입가에 씁쓸한 미소를 지었다.

"네, 그렇습니다."

"후후후, 이제 연희도 예전의 연희가 아니야. 너랑 이기석 교수가 미국으로 가고, 고함, 저 인간마저 이렇게 이곳에 와 있으니 흉부외과 꼴이 꼴이겠니?"

김윤찬과 이기석 교수의 공백.

거기에 연희 최고의 에이스로 군림하던 고함 교수가 빠져나간 흉부외과와 심장 센터.

한때 국립 서운대와 함께 이 분야 최고봉을 놓고 엎치락뒤치락하던 연희는 더 이상 존재하지 않았다.

"맞습니다. 이제 전국 흉부외과 순위 5위 안에도 못 들어갈걸요. 이기석 교수님이랑 고함 교수님 안 계시니 외래 환자도 뚝 떨어지고, 거기다 학회 논문 수도 뚝! 완전 삼류 병원으로 전락했어요."

후우, 이택진 역시 깊은 한숨을 내쉬었다.

"그래서 고함 교수님은 어떻게 하신다는 건가요?"

"글쎄다. 그 인간 속을 누가 알겠니? 네가 좀 설득을 해 보든가……."

"설득은 무슨?"

쾅, 그 순간 고함 교수가 등산복 차림으로 이상종 교수 연구실로 들어왔다.

"교수님!"

고함 교수의 목소리에 김윤찬이 자리에서 벌떡 일어났다.

"허허허, 왔구나."

"네, 교수님! 여전하시네요? 건강해 보이십니다."

햇빛에 그을려 까맣게 변한 고함 교수의 얼굴. 언뜻 보기에 건강해 보였지만, 김윤찬의 눈에는 어딘가 안색이 영 좋지 않아 보였다.

"그래그래. 속세에서 조금만 벗어나도 이리 좋은 걸, 왜 그렇게 아등바등하면서 살았나 모르겠다. 너도 다 때려치우고 나랑 같이 산나물이나 약초 캐러 다닐래?"

고함 교수가 특유의 너스레를 떨었다.

"구암 허준 선생도 지리산에서 그렇게 시작했으니, 못 할 것도 없겠죠. 다만, 그 전에 해야 할 일이 좀 있어요!"

"녀석! 못 본 사이에 눈빛이 제법 날카로워졌다? 예전에 순둥순둥한 기운은 다 빠졌어? 아주 빠다가 사람 다 버려놨네."

"뭐, 제가 예전부터 그렇게 순둥순둥한 스타일은 아니었죠, 아마?"

"허허허, 느물거리는 버릇까지 생겼네? 아무튼 이왕 여기까지 왔으니 삼겹살에 쐬주는 한잔해야지? 나가자. 네 스승이 소고기 살 돈은 없어도, 삼겹살까진 가능해!"

"네, 그러시죠!"

그렇게 김윤찬을 포함한 네 사람은 인근 삼겹살집으로 자리를 옮겼다.

이후 거나하게 술을 마셔 취한 상태로 다들 집으로 돌아갔다.

둘만 남게 된 김윤찬과 고함 교수.

"좀 걸을까?"

"네."

"달아, 달아, 둥근달아! 참 밝기도 하다!"

흥얼흥얼, 고함 교수가 뒷짐을 진 채 콧노래를 불렀다.

"교수님, 계속 이곳에 계실 겁니까?"

"그럼, 그럼! 산 좋고 물 좋고 공기 좋은 이곳을 놔두고 어딜 가겠니?"

"환자들한테 가셔야죠."

"후후후, 이 녀석아! 이곳에도 환자는 많아. 서울 사는 환자들만 환자더냐? 오히려 내 손길이 필요한 환자들은 이곳에 더 많아."

"여기는 이상종 교수님이 계시지 않습니까? 저와 함께 올라가시죠."

"올라가면? 내가 올라가면 뭔 뾰족한 수라도 나온다 하든??"

"제가 모든 것을 제자리에 되돌려 놓겠습니다. 무너져 가는 연희를 그대로 보고만 있을 순 없어요. 제 꿈과 청춘을 바친 곳입니다!"

"착각은 자유다, 이놈아! 어디 네놈만 꿈과 청춘을 바쳤겠니? 나, 그리고 이 교수, 뭐. 본원의 한상훈 교수까지, 전부 한평생을 바친 곳이야."

"그러니까 다시 일으켜 세워야죠?"

"윤찬이 네 생각은 가상하지만 너 혼자만의 힘으로 될 수 있는 게 아니야. 원래 조직이라는 건 그렇단다. 수백 개의 톱니 중 하나 정도는 빠져도 그냥저냥 굴러가는 거야. 그게 조직의 생리야."

여전히 고집불통인 고함 교수였다. 그는 자신의 생각을 바꿀 맘이 없어 보였다.

"네. 지금 당장 결정하시라는 건 아닙니다. 시간을 두고 천천히 생각해 주십시오."

"후후후, 그러면 넌 본원으로 복귀하겠구나?"

"네, 그럴 것 같습니다."

"그래그래. 양키놈들한테 좋은 기술 배워 왔으면 암, 써먹어야지. 넌 잘 해낼 거다! 믿어."

툭툭툭, 고함 교수가 김윤찬의 어깨를 두드려 주었다.

그리고 다음 날 새벽, 정선분원 관사.

"기, 김윤찬 선생님!! 큰일 났어요!"

꼭두새벽부터 김윤찬을 찾는 황진희 간호사의 목소리가 날카롭게 관사를 휘감아 돌았다.

고함 교수님, 제발!

"무슨 일이십니까? 고함 교수님한테 무슨 일이라도 생긴 겁니까?"

소란한 소리에 김윤찬이 자리에서 벌떡 일어났다.

어젯밤 고함 교수의 안색이 별로 좋지 않았기에, 김윤찬은 직감적으로 고함 교수를 떠올렸다.

"네. 고함 교수님, 상태가 안 좋아요! 윤찬 쌤이 빨리 가 보셔야 할 것 같아요!"

"어떻게요??"

김윤찬의 예상이 맞는 듯했다.

"혈압이 갑자기 떨어지면서 맥박이 불규칙해요!"

"네? 이상종 교수님은요?"

“원장님은 아침에 정기 총회가 있어서 본원 들어가셨어요!”

“네? 아, 알겠습니다. 의식은요? 의식은 있으십니까?”

“네, 아직 의식은 있으세요. 빨리 응급실로요! 빨리!”

황진희 간호사가 다급한 듯 손을 내저었다.

“네네, 바로 갑시다!”

김윤찬이 주섬주섬 옷을 챙겨입고는 관사에서 나왔다.

응급실.

김윤찬이 응급실로 달려왔고, 같이 소식을 들은 이택진이 먼저 와 있었다.

하악하악.

응급실에 도착해 보니 고함 교수가 거친 숨을 몰아쉬고 있었다.

“택진아! 뭐야? 교수님 왜 그러시는데?”

“정확히는 모르겠는데, 심장 정중앙을 중심으로 방사형으로 통증이 확산되는 듯해. 호흡도 불안정하고 구역질을 하시는 걸로 볼 때, 아무래도 심근경색이 우려된다!”

“알았어, 잠깐만 비켜 봐!”

딸각, 이택진과 자리를 바꾼 김윤찬이 곧바로 펜 라이트를 꺼내 고함 교수의 동공을 살펴봤다.

“이놈아, 나 안 죽는다, 걱정 마라. 아직 자가 호흡 가능하고 의식 있으니까.”

하악하악, 거친 숨을 몰아쉬는 와중에도 농담을 던지는 고함 교수였다.

“쉿! 교수님은 지금 환자십니다. 아무 말씀 마세요.”

“후후후, 내 몸은 내가 잘 알아.”

“말씀 그만하시라니까요! 황 간호사님! 일단 니트로글리세린(혈관확장제) 좀 부탁드려요!”

동공 검사 후 맥박과 혈압을 확인한 김윤찬이 황진희 간호사에게 투약을 지시했다.

일단 응급조치로 혀 밑에 니트로글리세린을 투여했다.

점막을 통해 니트로글리세린이 흡수되면 통증을 완화할 수 있었다.

“네, 선생님!”

“인마! 내가 무슨 협심증인 줄 아니? 니트로글리세린으로 해결될 일이 아니야! 관상동맥이 문제라니…….”

“하아, 이런 환자 처음 봤네요? 그냥 아무 말 말고 계세요! 택진아! 바로 혈관 조영술 해 봐야 할 것 같아!”

김윤찬이 미간을 좁히며 퉁명스럽게 말했다.

“알았어. 바로 시작하…….”

“이택진 선생! 괜히 비싼 돈 들여서 장비 쓸 거 없어. 아무래도 통증이 이쪽에서 목, 어깨 쪽으로 퍼지는 걸 보니까 후후, 관상동맥이 전부 막힌 것 같은데? 한 대여섯 군데는 막

혔을걸."

하악하악, 심각한 고통을 호소하면서도 자가 진단 하는 여유를 보이는 고함 교수였다.

"하아, 교수님! 의사는 접니다. 제가 진단하고 제가 치료할 거고, 필요하면 제가 수술할 겁니다. 제발 환자답게 조용히 좀 하시죠!"

"알았다, 이놈아! 내 목숨 너한테 맡겨도 되겠냐? 살려 줄 거야?"

여전히 여유를 잃지 않고 있는 고함 교수였다.

"아! 흉부외과 의사 10년 넘게 하면서 이런 환자 처음 보네! 아무튼 조용히만 계시면 살려는 드리죠. 택진아! 빨리 포터블 가지고 와 봐."

"알았어!"

"큭큭큭, 고맙다. 살려 줘서. 그런데 아마도 이 병원엔 펌프(심장 체외 순환기)가 없어서 수술이 힘들 것 같은데 괜찮겠냐? 나 빨리 강원대병원으로 옮겨야 하는 거 아냐?"

고함 교수가 어린애 투정 부리듯 투덜거렸다.

고함 교수 본인 역시 심근경색을 의심하는 듯 보였다. 김윤찬 역시 그의 생각과 조금도 다르지 않았지만.

"여기 우리나라 최고의 외과의가 셋이나 있는데, 가긴 어딜 가요? 펌프 없으면 수술 못 한다고 누가 그래요?"

"뭐라고? 오피캡이라도 하겠다는 거냐?"

오피캡은 무펌프 관상동맥 우회술로, 체외 순환기 없이 심장을 멈추지 않고 수술하는 것을 말한다.

“후후후, 오피캡은 교수님보다 제가 좀 더 나을걸요.”

“어라? 지금 누구한테 엉기는 거냐? 너 지금 나랑 한번 해보겠다는 거야?”

“미치겠네. 아무튼, 환자가 너무 말이 많아서 안 되겠으니까 좀 재울게요. 한숨 자고 일어나시면 멀쩡해지실 겁니다. 황 간호사님, 교수님 좀 재워야겠어요! 귀찮아 죽겠네요.”

“아, 알았어요.”

그렇게 황 간호사가 정맥주사로 진정제를 투여하자 조금씩 고함 교수의 시야가 흐려지기 시작했다.

잠시 후.

그렇게 고함 교수가 잠든 사이, 검사 결과가 나왔다.

고함 교수 자신과 김윤찬의 예상대로 검사 결과는 심근경색이었다.

“MI(심근경색의 약자) 맞는 것 같은데?”

CT 결과를 모니터에 띄운 이택진의 표정이 심각했다.

“예상했던 바야. 지금 바로 수술 들어가야 할 것 같아.”

사진 판독 결과 관상동맥 곳곳이 막혀 있어, 곧바로 응급수술을 하지 않으면 그 누구도 결과를 예측할 수 없는 긴급 상황이었다.

"바로 들어간다고? 펌프 없이?"

"지금 어쩔 수 없잖아. 급성 심근경색 골든 타임은 2시간이야. 지금 교수님 다른 병원으로 옮기고 자시고 할 시간이 없어."

"그래도 되겠냐?"

"나 김윤찬이야! 내가 집도할 테니까, 네가 어시 들어와. 할 수 있지?"

"좋아! 나도 이택진이야! 김윤찬이 집도하는데 누굴 퍼스트로 세워? 내가 들어가야지."

"오케이! 그동안 얼마나 늘었나 좀 보자. 황진희 간호사님! 당장 수술방 어레인지해 주시고 마취과 선생님 좀 콜해 주세요! 바로 수술 들어갈 겁니다."

"네네, 알았어요. 윤찬 쌤!"

김윤찬의 지시에 의료진이 바쁘게 움직이기 시작했다.

수술실.

팡, 팡팡, 팡팡팡.

조명이 수술방을 환하게 비추면서 본격적인 수술이 시작되었다.

"박한 교수님, 고함 교수님 활력징후는 어떻습니까?"

"안정적이야. 마취도 잘된 것 같고 바로 집도해도 되겠어, 김 교수!"

20년도 넘게 이곳 정선분원에 계시면서 수많은 환자를 마취했던 박한 교수.

오늘도 그에겐 실수란 존재하지 않았다.

심장에 양분과 산소를 공급하는 중요한 역할을 하는 관상동맥!

그 관상동맥이 막혀 버려 심장이 괴사하는 병인 심근경색을 고함 교수는 앓고 있는 것이었다.

그렇게 막혀 버린 관상동맥을 대신해 산소와 영양분을 공급해 줄 우회 혈관을 만들어 내는 것.

이것이 지금 김윤찬이 집도하려는 관상동맥 우회술이었다.

"네, 고맙습니다. 자, 지금부터 무펌프 관상동맥 우회술을 하도록 하겠습니다. 황 간호사님! 메스!"

"네. 여기 있습니다, 교수님!"

수술포를 덮고 환부에 베타딘 용액을 도포함으로써 김윤찬이 집도하는 무펌프 관상동맥 우회술이 시작되었다.

팔딱팔딱.

잠시 후, 흉골을 절개하고 나니, 고함 교수의 심장이 위태롭게 뛰고 있는 게 보였다.

"옥토퍼스(고정기) 걸어야지?"

옥토퍼스는 양 끝이 말발굽처럼 생긴 형태의 고정기로, 심장이 흔들리지 않게 고정시키는 문어 모양의 기구였다.

“응, 부탁해.”

그렇게 이택진이 심장에 옥토퍼스를 걸어 고정하였다.

이제 혈관을 채취해 우회 혈관을 만들어 주는 과정이 시작될 차례였다.

“택진아! 하지 복재 정맥 채취하자!”

“뭐? 인터날 마마리아 아테리(internal mammary artery : 내흉 동맥)로 안 하고?”

이택진이 의아한 듯 물었다.

“응, 복재 정맥으로 해야 할 것 같아.”

“야. 정맥으로 하면 10년 개존율이 50%가 안 되는 거 아냐? 동맥은 90%가 넘는 걸로 알고 있거든?”

“알아. 하지만 지금 교수님 오른쪽 관상동맥 상태는 그렇게 심하지 않아. 그런데 내흉 동맥을 쓰면 동맥 간에 경쟁 혈류가 생겨서 피가 잘 돌지 못하는 경향이 있어.”

“그래도 내흉 동맥으로 하는 게 부작용이 없을 텐데…….”

아직은 수긍할 수 없다는 듯, 이택진이 여전히 고개를 갸웃거렸다.

“고함 교수님, 당뇨 있는 거 몰라? 내흉 동맥이 뭐야? 양분을 공급하잖아. 자칫 상처가 아물지 않을 수 있어.”

“아…….”

“택진아! 지금은 길게 설명할 시간이 없다. 그냥 내 말대로 해. 복재 정맥 채취 부탁한다!”

“어, 그래. 알았어.”

김윤찬의 충분한 설명에 더 이상 이견의 여지가 없었다.

잠시 후, 그렇게 김윤찬과 이택진은 고함 교수의 다리에서 우회 혈관으로 쓸 복재 정맥을 채취하는 데 성공했다.

이제 채취한 혈관을 병변이 있는 심장 반대쪽, 비교적 깨끗한 심장 표면에 이식하면 큰 위기를 넘길 수 있는 상황이었다.

황진희 간호사가 작은 그릇에는 45센티짜리 실이 달린 가위를, 큰 그릇에는 75센티 실이 달린 가위를 가지런히 정리정돈 해 두었다.

“니들 홀더 주세요.”

“네, 여기요!”

“감사합니다.”

김윤찬의 요청에, 황진희 간호사가 롱 니들 홀더를 건네주었다.

수술 부위가 깊으니 당연히 롱 니들 홀더가 필요했을 것. 이를 유심히 관찰하던 황진희 간호사였다.

이제 상태가 양호한 병변 반대편 심장에 혈관을 이식하면 모든 것은 끝이었다.

“황 간호사님, 감사합니다.”

칙칙칙, 김윤찬이 타이에 들어가려 하자 황진희 간호사가 김윤찬의 손에 생리적 식염수를 충분히 적셔 주었다.

실이 얇고 가늘기에, 손에 물기가 없으면 접착력이 떨어져 제대로 타이를 할 수 없었다.

"별말씀을요! 윤찬 쌤을 이렇게 옆에서 어시스트하는 것만으로도 영광이네요."

"어휴, 과찬이십니다. 자, 좋습니다! 지금부터 타이 들어갑니다!"

그렇게 김윤찬이 실과 바늘을 이용해 우회 혈관을 이식하고 있었다.

"와! 교수님, 저게 가능한 겁니까? 김윤찬 교수님, 손이 모터 같아요!"

신속하게 봉합하는 모습을 본 전공의 하나가 감탄사를 연발했다.

"후후후, 빠르기만 한 게 아니야. 저거 봐. 한 땀, 한 땀 자로 잰 듯이 정확하지 않냐? 정말 예쁘게도 꿰맨다."

박한 교수 역시 신기에 가까운 김윤찬의 술기에 빠져 있었다.

"어후, 카데바를 놓고 해도 김윤찬 교수님보다는 늦을 것 같아요! 심장이 저렇게 뛰는데, 봉합이 정말 가능하긴 한 겁니까?"

관상동맥의 직경은 겨우 1.7mm에서 2.0mm으로, 매우 가

늘다. 따라서 움직이는 심장 위에서 심장 손상 없이 이토록 정밀하게 관상동맥을 꿰매고 우회 혈관을 이식한다는 건 결코 쉬운 일이 아니었다.

전공의의 눈으로 볼 때는 거의 서커스 수준의 신비로움이 었으리라.

"그러니까 김윤찬, 김윤찬 하는 거란다. 너도 눈에 익혀 둬! 저 정도는 해야 흉부외과 써전 소리 들을 수 있는 거야. 가만 보니 청출어람이라고, 고함 교수 전성기 때보다 나은 것 같은데?"

박한 교수가 턱짓으로 수술 현장을 가리키며 흐뭇한 미소를 지었다.

"끝났습니다!"

수술을 시작한 지 2시간여.

김윤찬의 집도하에 시행된 오피캡, 즉 무펌프 관상동맥 우회술이 성공적으로 끝나는 듯했다.

"수고했어! 윤찬아!"

후우, 그제야 잔뜩 긴장하고 있던 이택진이 안도의 한숨을 내쉬었다.

"윤찬 쌤! 정말 고생 많았어요! 제가 이 수술방에 들어온 이래로, 오늘처럼 깔끔한 수술은 처음이에요! 솔직히 이상종 교수님 수술보다 낫네요!"

톡톡톡, 황진희 간호사가 거즈를 들고 땀으로 흥건히 젖은 김윤찬의 이마를 닦아 주며 밝게 웃었다.

그렇게 수술은 대성공을 거두는 듯했다.

바로 그때였다.

"자, 잠깐만! 윤찬아! 이, 이거 좀 뭔가 이상한데??"

모니터를 지켜보던 박한 교수의 얼굴이 백지장처럼 변하고 나서야 뭔가 이상이 생겼음을 짐작할 수 있었다.

"네? 그, 그게 무슨 소립니까, 교수님? 무슨 일이죠?"

막 성공적으로 마친 수술, 이제 가슴만 닫으면 모든 것이 끝나 갈 무렵의 위태로운 분위기였다.

박한 교수의 목소리에서 심상치 않음을 감지한 김윤찬이 물었다.

"이상해! 환자 체온이 급격히 올라가는데?"

모니터를 살펴보던 박한 교수의 목소리가 미세하게 흔들렸다.

전신마취를 하고 체온을 낮춘 환자의 몸에서 열이 난다는 건, 결코 긍정적인 신호가 아니었다.

"체온이요? 얼마나요?"

이를 잘 알고 있는 김윤찬이었기에 불안한 기운이 엄습했다.

"지금 40도를 넘어가고 있어! 이대로 놔뒀다가는 문제가 심각해질 것 같아!"

갑작스럽게 올라가는 체온.

분명 환자의 몸에 이상이 생긴 것이 틀림없었다.

"ETCO2(호기 말 이산화탄소 분압)는요?"

그에 따라 김윤찬의 심장도 마구 요동치고 있었다.

"이 역시 마찬가지야. 급격히 증가해서 66mmHg야!"

호기 말 이산화탄소의 분압이 치솟는다는 것. 즉, 대사성 산증으로, 이는 심각한 위험 신호였다.

ETCO2 분압이 55mmHg가 넘어가면 위험한 상태를 의미했다.

"하아, 어쩌죠? 교수님, 설마……."

"나도 아니었으면 좋겠는데, 지금 네가 생각하고 있는 게 맞는 것 같다! 멜리그넌트 하이퍼데이마(악성고열증)!"

박한 교수의 얼굴이 순간 백지장처럼 하얘졌다.

악성고열증!

마취과 의사가 가장 두려워하는 증후군으로, 전신마취를 한 환자가 수술 중 갑자기 열이 치솟아 오르는 희귀 증세를 말한다.

즉, 하이퍼메타볼릭 크라이시스(과대사성 증후군)가 갑작스럽게 나타나 환자를 죽음으로 몰고 가는 무서운 질환으로, 보통 전신마취 10만 케이스당 1건 정도 발생하는 아주 희귀하고 위급한 상황이었다.

일반적으로 유전적인 요소가 가장 크게 영향을 미치나, 그 정확한 원인조차 밝혀지지 않은 증후군이었다.

제대로 처치가 이뤄지지 않을 경우 사망률이 70% 넘어가는 무서운 병.

"뭐, 뭐라고요? 악성고열증이라고요??"

박한 교수의 말에 이택진 또한 얼굴이 사색이 되어 버렸다.

"다들 침착합시다! 일단, 환자 옷 모두 벗기고 최대한 체온을 낮추도록 해야 해요! 간호사님! 지금 당장 나가셔서 아이스 큐브 있는 대로 가져오세요! 최대한 많이 확보하셔야 합니다."

그렇다고 해서 마냥 손 놓고 구경만 할 순 없는 노릇. 빠르게 상황을 파악한 김윤찬이 의료진을 지휘하며 해결책을 모색했다.

"네, 교수님!"

"그리고 윤 선생은 ABGA(동맥혈 가스 검사) 해 주세요."

"네. 바로 검사실에 보내겠습니다!"

"박 교수님은 마취제 STOP해 주시고, 농축 산소 투여해 주세요! 분당 15리터는 투여해야 할 것 같습니다! 빨리요!"

악성고열증은 흡입 마취제와 화학작용을 일으킨 몸이 과도한 대사를 일으키면서 나타나는 현상이었다.

따라서 고농축 산소를 투여해 몸속에 남아 있는 흡입 마취제의 잔량을 제거하는 것이 급선무였다.

"알았다! 그렇게 할게."

웅성웅성.

갑작스러운 응급 상황으로 수술방에 있는 의료진이 동요하기 시작했다.

"교수님, 100% 오투(O2)로 하이퍼벤틸레이션 해야 해요!"

김윤찬이 지금의 상황을 해결하기 위해 진두지휘하며 치료를 독려했다.

"그래, 그렇게 할게!"

"나, 난 뭐 할 거 없나요? 윤찬 쌤! 저도 뭘 좀 도와드리고 싶어요!"

경험 많은 황진희 간호사라 할지라도 지금의 상황에선 당황하지 않을 수 없었다.

하지만 그녀는 긴장된 표정으로 침착하게 김윤찬의 오더를 기다렸다.

"네. 밖에 사람들 있으면 전부 콜해 주세요! 환자 옷 전부 벗기고 얼음으로 온몸을 문질러 주세요! 어떻게든 환자 체온을 낮춰야 합니다. 급해요!"

"알았어요! 간호사들 전부 데리고 올게요!"

"그리고 황 간호사님! 단트롤렌, 그게 필요합니다! 우리 병원에 있을까요??"

"아, 아뇨, 없어요."

난감한 듯 고개를 내젓는 황진희 간호사.

"그렇군요."

"이상종 교수님이 본원에 구입 품의를 올린 지 몇 개월이 지났는데도 아직 공급되지 않았어요."

"젠장! 아, 알겠습니다."

김윤찬의 예상대로 연희병원 정선분원에는 초고가의 단트롤렌이 준비되어 있지 않았다.

어쩌면 당연한 결과일지도 몰랐다.

그 비싼 단트롤렌이 영세한 규모의 분원에 있을 리 만무했다.

신비의 명약, 단트롤렌.

희귀 의약품으로, 악성고열증을 야기하는 칼슘의 과다 분비를 억제하는 약이었다.

악성고열증 사망률을 최대 1%까지 낮출 수 있는 약이긴 했지만, 워낙 고가에 유통기한이 짧고, 악성고열증 자체가 흔히 발생하는 것이 아니기 때문에 상비하고 있을 리가 없었다.

"네, 알겠습니다. 일단 아이싱하는 데 최선을 다해 주세요."

"네, 간호사들 전부 데리고 들어올게요."

지이이잉.

황진희 간호사가 황급히 수술방을 빠져나갔다.

"택진아! 네가 본원에 연락해서 좀 알아봐야 할 것 같아. 아마도 본원에는 단트롤렌이 있을 거야!"

"그래, 지금 당장 확인해 볼게!"

잠시 후.

분원 직원들이 아이스박스를 들고 수술방으로 들어와 전체 탈의한 고함 교수의 몸에 얼음을 문지르며 열을 식혔고, 김윤찬과 박한 교수는 최선을 다해 고함 교수를 치료하고 있었다.

"윤 선생! 고압 산소 분당 15리터씩 90초간 때려 부어서 브레싱 서킷 플러싱 해 줘야 해! 그런 다음에 카본 필터 꼭! 삽입하고!"

박한 교수가 전공의에게 신신당부하며 모니터를 주시했다.

"네, 교수님!"

"서둘러! 계속 체온 올라가고 ETCO2 치솟는다! 이러면 환자 버티기 힘들어!"

그렇게 모니터를 보는 것도 잠시, 박한 교수가 목소리 톤을 높였다.

"아리쓰미어(부정맥)! 윤찬아! 고함 교수 부정맥이 온 것 같은데?? 어떡하지?"

설상가상, 한 고비를 넘기기도 전에 또 다른 고비가 의료진을 가로막고 있었다.

과대사성으로 인해 부정맥이 발생한 것.

"교수님, 침착하십시오. 대부분의 부정맥은 하이퍼칼레미아(고칼슘혈증)와 산증 때문일 겁니다. 충분히 산소 공급하고 중탄산나트륨 투여해 주세요. 그러면 잡힙니다."

"아, 알았어."

그렇게 수술방 의료진이 악전고투하며 악성고열증과의 사투를 벌이고 있을 즈음.

바로 그때였다.

"윤찬아!! 본원에 단트롤렌 있대!! 이제 고함 교수님 살았다!"

본원에 연락을 취하러 갔던 이택진이 수술방으로 돌아와 소리쳤다.

천만다행이었다.

그나마 서울 본원엔 단트롤렌이 구비되어 있었다.

"그래! 후우, 진짜 다행이네. 바로 공수될 수 있어?"

절체절명의 순간, 이제야 희망의 끈이 보이기 시작했다.

"응. 본원에 닥터 헬기 있잖아! 바로 쏴 준다고 하더라. 중증 외상 센터 신 교수님이 어떻게든 40분만 버티라고 하더라. 어떻게든!"

"신 교수님이?"

"그래. 신 교수님은 수술 때문에 당장 못 오시고, 아마도 이상종 교수님이 약 가지고 오실 것 같아."

"그래? 다행이다. 희망이 보이는 것 같아. 우리도 최선을 다해 보자. 일단 수술부터 마무리하도록……."

바로 그때였다.

띠리리링.

채 5분도 지나지 않아 요란하게 울리는 수술방 전화.

윤 간호사가 전화를 받아 들었다.

분원 사무장 서상균의 전화였다.

"네, 수술방입니다."

—…….

"네? 지, 지금 그게 무슨 말씀입니까?"

전화를 받은 윤 간호사의 얼굴이 순간적으로 일그러졌다.

—…….

"아, 아니, 어떻게 그런 일이……."

전화기를 들고 있던 윤 간호사의 얼굴이 점점 잿빛으로 변해 갔다.

—…….

"아, 알았어요. 교수님께 말씀드리겠습니다."

뚝, 심각한 표정으로 전화를 끊는 윤 간호사.

"무슨 일입니까?"

그녀의 표정에서 심상치 않음을 느낀 김윤찬이 조심스럽게 물었다.

"저, 저기……. 어쩌죠? 김윤찬 교수님……."

윤 간호사가 당혹감을 감추지 못하며 말을 머뭇거렸다.

"왜요? 무슨 일인데요? 얼른 말해 봐요."

"후우, 본원 단트롤렌이 어제 날짜로 모두 폐기 처분 되었대요. 유통기한이 전부 지나 버렸다고……."

"네??"

윤 간호사의 입에서 나온 말은 청천벽력과도 같은 소리였다.

"유통기한이 모두 지나서 일괄 폐기 처분 한 상태라고 합니다. 지금 다른 병원에 알아보고 있대요."

윤 간호사의 얼굴이 사색이 되어 버렸다.

"하아, 미치겠군! 그게 말이 됩니까? 지금은 시간 싸움이에요. 조금만 지체되더라도 아무것도 할 수 없다고욧!"

"네에, 죄송합니다. 저도 어쩔 수 없는 일이라……."

김윤찬이 버럭거리자 울상이 되어 버린 윤 간호사가 울먹거렸다.

"앗, 죄송해요! 간호사님 잘못이 아닌데, 제가 흥분해서 결례를 저질렀어요. 죄송합니다."

한 가닥 믿었던 희망이 사라지는 순간, 냉철한 김윤찬마저도 잠시 이성을 잃고 말았다.

"어떡하지?? 이대로는 1시간도 못 버틸 것 같은데?? 이러다가 정말 잘못되는 거 아냐??"

박한 교수 역시 입이 바짝바짝 말라 가고 있었다.

"어쩔 수 없습니다. 일단 하는 데까진 해 봐야죠. 본원에서 약을 수배 중이라고 하니까, 곧 좋은 소식이 올 겁니다! 교수님, 절대 포기하지 말고 최선을 다해 봅시다."

"그래. 하는 데까진 해 봐야지. 하는 데까진 해 보자고."

박한 교수가 두 주먹을 불끈 쥐어 보였다.

그렇게 의료진은 절체절명의 순간을 모면하기 위해 더욱 더 바삐 움직이기 시작했다.

"소디움 바이카보네이트 도즈당 100meq 투여해 주세요!"

간호사들과 직원들은 끊임없이 얼음을 공수해 와 뜨거워진 고함 교수의 몸을 식혔다.

또한 박한 교수와 김윤찬은 필사적으로 대사성 산증과 고칼슘혈증을 잡기 위해 안간힘을 썼다.

하지만 이러한 의료진의 노력에도 불구하고 상황은 점점 악화되어 가고 있었다.

띠띠띠띠.

하지만 약을 수배해 보내 주겠다는 연희병원에선 감감무소식.

점점 상태가 악화되자 참을성의 한계를 느낀 김윤찬이 연희본원에 직접 전화를 걸었다.

"지금 뭡니까? 시간 없다고요! 단트롤렌은 어떻게 된 겁니까?"

김윤찬이 신경질적인 목소리로 쏘아붙였다.

—아, 네. 저희도 지금 최선을 다하고 있어요. 인하병원에 구비되어 있다는 소식을 막 들었습니다. 최대한 빨리 공수토록 할게요!

"얼마나요? 여기까지 오는 데 얼마나 걸리겠습니까?"

—지금 우리 병원 측에서 인하병원으로 출발했으니, 아마 한두 시간 정도? 그 정도면 정선까지 갈 수 있을 것…….

"미쳤습니까? 2시간이면 골든타임 다 지나갑니다. 1시간! 1시간 내로 보내 주십시오. 그렇지 않으면 환자 위험합니다!"

—하아, 그건 물리적으로 불가능한 시간입니다. 안 돼요, 그건!

"빨리요! 좀 더 서둘러 주십시오. 제발!"

—아, 네. 저도 답답합니다. 우리 병원 교수님이 아프신데, 전들 맘이 안 타들어 가겠습니까? 최대한 빨리 보내도록 할 테니, 좀만 더 버텨 보십시오.

"네, 알았습니다. 부탁합니다!"

"윤찬아, 뭐래?"

옆에서 전화 내용을 엿듣던 이택진이 걱정스러운 듯 물었다.

"후우, 빨라야 2시간이라는데? 지금 교수님 상태로 봐서는 버틸 수 있는 최대 시간은 1시간이야. 1시간 안에 단트롤렌을 투여해야 해."

"하아, 큰일이네. 근데 말이야. 윤찬아! 이게 혹시 도움이 될지 안 될지 몰라서 말 안 했는데 말이야………."

"왜? 뭔데?"

"너 우리 대학 동기, 상기 알지?"

"박상기?"

"그래. 학교 졸업하고 무천에 성형외과 차렸잖아. 무천이면 정선에서 20분도 채 안 걸리는 거리긴 하는데……."

"그래서 뭐? 요점만 말해."

"잠시만, 이게 이 새끼가 워낙 허풍이 심한 놈이라 믿을 만한 건지는 모르겠는데, 이것 좀 봐 봐."

이택진이 컴퓨터를 켜더니 턱짓으로 모니터를 가리켰다.

ㄴ혹시 단트롤렌 가지고 있는 병원 있나요?

ㄴ저희요! 저희 병원에 단트롤렌 구비해 뒀어요!

ㄴ진짜요?

ㄴ그럼요! 단트롤렌을 가지고 있다고 하려니 자랑하는 것 같아 쑥스럽지만, 아무튼 저희 단트롤렌 있습니다!

ㄴ그러면 저희가 써도 될까요?

ㄴ네네. 이 약을 쓸 일이 없어야 하겠지만, 아무튼 단트롤렌 있으니까 주저 마시고 연락 주세요. 저희 병원은 무천시 원구동 18번지, 운산빌딩 4층, 비너스성형외과입니다!

인터넷 병원 커뮤니티 게시글에 올라온 글이었다.

이택진의 친구 박상기가 자신의 병원에 단트롤렌을 구비하고 있다고 자랑하는 글들이었다.

"다행이다! 정말 다행이야. 지금 당장 상기한테 연락해 보자."

모니터를 지켜보고 있던 김윤찬의 동공이 부풀어 올랐다.

"응! 그런데 너도 알다시피 상기 이놈이 허풍이 좀 세냐? 그냥 잘난 척하려고 그랬는지도 몰라."

"다른 대안이 있는 것도 아니잖아? 하늘에 맡기는 수밖에."

김윤찬의 입장으로는 지푸라기라고 잡고 싶은 심정이었으리라.

"지난번에 동창회 때 진태가 그러는데 그거 구라일 가능성이 거의 100%라고 했거든. 자기가 상기 병원에 가 봤는데, 개뿔 있을 리가 없대! 기초 장비도 부실한 병원에서 무슨 단트롤렌이냐고 하더라고!"

이택진은 여전히 반신반의하는 눈치였다.

"그래도 당장 연락해 봐. 무천시면, 바로 공수해 오면 골든 타임 안에 치료할 수 있어. 제발 이 글이 사실이길 바라는 수밖에."

이택진의 부정적인 말에도 한 가닥 희망을 버리지 않는 김윤찬이었다.

"아, 알았어. 일단 해 보긴 하겠는데 너무 큰 기대는 하지

마라.”

“그래, 빨리! 지금 당장 전화해 봐.”

띠리리리.

이택진이 곧바로 박상기에게 전화를 걸었다.

잠시 후.

“윤찬아!!”

박상기와 전화를 마친 이택진이 호들갑을 떨었다.

“왜? 있대? 빨리 결론부터 말해.”

어느새 입이 바짝 말라 버린 김윤찬이었다.

“응응! 지금 상기가 바로 공수해 오기로 했어!! 나도 믿어지지가 않는다. 진짜 상기네 병원에 단트롤렌이 있었나 봐. 헐, 굼벵이도 구르는 재주가 있다더니, 상기 그놈아가 단트롤렌을 가지고 있을 줄이야.”

이택진이 여전히 믿을 수 없다는 듯이 혀를 내둘렀다.

“하아, 다행이다. 정말 다행이야! 얼마나 걸린다는데? 우리가 마중 나가야지.”

“어! 아주 신났던데? 바람처럼 달려온다고, 20분 안에 도착할 수 있을 거라는데?? 이게 지금 꿈이냐, 생시냐?”

“그래? 바로 마중 나가자.”

“알았어.”

정선분원 정문.

끼이익.

잠시 후, 정선분원 정문 앞에 차 한 대가 정차했다.

드르륵.

차 문을 열고 밖으로 나오는 남자. 의기양양한 표정의 박상기였다.

"상기야!"

박상기를 보자 김윤찬이 득달같이 그에게로 달려갔다.

"오! 김윤찬! 너 오랜만이네?"

"상기야 반갑다! 단트롤렌은?"

김윤찬의 머릿속엔 오랜만에 만난 동기 따위는 안중에도 없었다.

"어, 그래그래. 너 미국 건너가서 잘나간다는 소식은 들었어."

"잘나가긴! 그건 그렇고 약은?"

김윤찬의 시선이 곧바로 박상기의 두 손으로 향했다.

"물론 공수해 왔지. 그나저나 이 약을 쓰는 날이 올 줄은 꿈에도 몰랐다. 평소에 내가 유비무환의 정신을 신조로 삼고 있잖냐! 이 비싼 약을 구비해 놓고 있을 때는 그만한 이유가 있었지. 암!"

박상기가 손에 든 단트롤렌을 들어 올리며 거들먹거렸다.

"그, 그래. 고맙다."

"역시 내가 선견지명이……."

"미안한데, 상기야! 자세한 얘기는 나중에 하는 걸로 하자. 일단 치료부터 끝내고 한잔 살게!"

박상기와 길게 대화를 나눌 생각이 없는 김윤찬.

획, 김윤찬이 박상기가 들고 있는 약상자를 잡아채듯 빼앗아 병원 안으로 들어갔다.

"헐, 뭐냐, 재?"

박상기가 어이없다는 표정으로 순식간에 멀어져 가는 김윤찬의 뒷모습을 응시했다.

"상기야, 재 지금 제정신 아니야. 네가 이해해라."

툭툭, 그 모습에 이택진이 박상기의 어깨를 두드려 주었다.

"아니, 아무리 그래도 이건 좀 아니지 않냐? 어렵게 약 구해 왔으면 쓰디쓴 커피라도 한 잔 내와야지, 이건 문전 박대도 아니고."

박상기가 멋쩍은 듯 입을 삐죽거렸다.

"미안, 미안. 대신 내가 찐하게 커피 한 잔 타 줄 테니까, 안으로 들어가자. 너, 진짜 큰일 한 거다."

이택진이 토닥거리며 박상기를 달랬다.

"뭐, 큰일까지야. 근데 대체 환자가 누군데 저렇게 정신이 없어? 누가 보면 아버지가 아픈 줄 알겠네?"

"그럼, 그럼. 윤찬이한테는 아버지 이상이지."

"대체 누군데 그래?"

"네가 가지고 온 약을 쓸 분이 바로 연희병원 고함 교수님이라고!"

"뭐, 뭐라고?? 고, 고 교수님?"

이미 의학계에서 명성이 드높은 고함 교수였기에, 그를 모를 의료인은 없었다.

당황한 표정의 박상기가 말을 잇지 못했다.

"그래. 그러니까 너 진짜 대단한 일을 한 거지. 넌 오늘 의학계에 한 획을 긋는 장한 일을 한 거야."

"흠흠흠, 뭐 그 정도까진 아니고……. 아무튼 보통 전신마취 수술을 1년에 3백 건 정도 하는 병원에서 2백년 만에 한 번 만날까 말까 한 걸 위해 내가 이걸 가지고 있었다는 거 아니냐! 내가 생각해도 기특하다. 그렇지? 이택진!"

"하하하, 그래그래. 네가 진짜 나라를 구한 거다. 애국한 거라고!"

이택진이 박상기의 옷소매를 잡아끌었다.

수술실.

단트롤렌의 효과는 즉각적이었다.

세포질의 칼슘을 조절하는 단백질과 관련된 유전자가 알 수 없는 돌연변이를 일으켜 발생한 악성고열증. 현대 의학에선 단트롤렌만이 유일한 대안이었다.

단트롤렌이 공수되어 오자, 차갑게 식었던 수술방에 온기가 감돌았다.

'이제 됐어!'

"Sterile water(살균 소독한 물) 100ml 준비해 주세요!"

김윤찬으로부터 단트롤렌을 받아 든 박한 교수의 얼굴에 화색이 돌았다.

"네, 알겠습니다. 교수님!"

"50% 덱스트로스(포도당)에 레귤러 인슐린 100unit! 밀리미터당으로요! 10ml 준비해 주고요!"

"네, 알겠습니다."

"리도케인 2% 100mg/5ml!"

"네!"

잠시 후.

그렇게 박한 교수의 치료를 받은 고함 교수의 체온은 극적으로 떨어지기 시작했고, 얼마 지나지 않아 모든 바이탈이 정상으로 돌아왔다.

"됐어! 잡았어!"

두 주먹을 불끈 쥐는 박한 교수.

와! 와!

짝짝짝짝.

와아아!

수술방 여기저기서 우레와 같은 박수와 환호 소리가 울려 퍼졌다.

하늘이 도왔다!

천신만고 끝에 단트롤렌을 구한 수술진은 극적으로 고함 교수를 살려 낼 수 있었다.

며칠 후, 중환자실.

수술을 마치고 중환자실로 내려온 고함 교수.

이곳으로 내려온 지 이틀 정도가 지나자 어느 정도 회복된 모습이었다.

"네가 날 살린 거냐?"

수술 후유증으로 초췌해진 고함 교수가 힘겹게 입술을 뗐다.

"네, 제가 교수님 살렸어요. 왜요, 불만이세요?"

"후후후, 너 미국 물 좀 먹었다고 매우 반항적이다? 미국에선 스승 따위는 안중에도 없다더냐?"

"글쎄요. 지금 교수님은 스승님이 아니라 제 환자니까요."

"녀석! 코 찔찔 흘리면서 다니던 때가 엊그제 같은데, 조그맣던 놈이 많이 컸구나."

"큭큭큭, 키는 원래 제가 더 컸어요, 교수님!"

"이놈 봐라?"

"하하하, 죄송합니다. 그나저나 어떻게 흉부외과 교수님이 몸을 이렇게 만드십니까? 조금만 늦었어도……."

"이놈아, 원래 중이 자기 머리 못 깎는 법이다. 아무튼, 고맙고 자랑스럽다!"

"네에. 전부 교수님한테 하사받은 겁니다. 그러니까 교수님의 그 진주 같은 의술, 후배들한테 널리 널리 전수해 주세요. 그게 저와 교수님이 해야 할 일이에요."

"……."

고함 교수는 입가에 희미한 미소만 띨 뿐, 아무 말도 하지 않았다.

"다시 돌아가셔야 합니다! 잘못된 건 바로잡고 옛 연희의 명성을 되찾아야죠."

"너, 정말 할 수 있겠니? 연희 거기 그렇게 녹록한 곳 아니야."

"교수님, 존스홉킨스는 녹록합니까? 저 거기서 붉은 원숭이라는 치욕적인 대우를 받으면서도 박사 학위 따 온 놈입니다. 전미 흉부외과 써전 Top 10! 이거 딱지치기로 따 온 거 아니에요. 예전의 김윤찬과는 다릅니다."

"음……. 그래. 한번 진지하게 생각해 보마."

마침내 고함 교수가 김윤찬의 설득에 긍정적인 반응을 보였다.

"네. 회복되시는 대로 제가 모시러 오겠습니다."

"후후후, 키만 멀대같이 큰 줄 알았는데, 어느새 마음 키도 훌쩍 컸구나. 우리 윤찬이!"

고함 교수가 입가에 행복한 미소를 띠었다.

이상종 원장실.

"정말 정말 고생 많았다, 윤찬아!"

"아닙니다. 제가 해야 할 일을 했을 뿐입니다."

"아니야. 네가 이 정도 실력이 있는 줄은 꿈에도 몰랐다. 황진희 간호사랑 박한 교수가 입에 침이 마르도록 칭찬하더라. 그 위급한 상황에서 오피캡 그거 쉬운 거 아니야."

이상종 교수가 김윤찬에게 따뜻한 눈길을 보냈다.

"전부 고함 교수님께 배운 것뿐입니다. 지금까지는 기회가 없었고, 이제 그 기회가 온 것뿐이죠."

"허허허, 말에 자신감이 뚝뚝 묻어나는구나. 그만하면 됐다! 이 정도면 너한테 더 이상 바랄 것이 없어. 장하다, 내 새끼!"

덥석, 이상종 교수가 김윤찬의 양손을 부여잡았다.

"네, 열심히 하겠습니다. 그리고 고함 교수님과 함께 옛 연희의 명성을 되찾겠습니다."

"그래그래, 제발 그렇게 좀 해 다오. 고함 저 늙은이, 허구한 날 뒷산에 풀 뜯으러 가는 꼬락서니 보기 싫어 죽는 줄 알았다. 가서, 맘껏 네 뜻을 펼쳐 보거라."

"네, 지켜봐 주십시오."

"그래그래. 아주 든든하다. 그나저나 이나 이 녀석도 빨리 들어와서 힘을 보태야 할 텐데 말이야. 거기서 공부는 잘하고 있는 거니?"

"그럼요! 누구 와이프인데요?? 이나도 거의 톱 클래스예요. 어디 양키 따위들이 한국인의 의지를 넘겠어요. 아주 독하게 공부하고 있어요."

"껄껄! 당연하지. 누구 조칸데? 그 애도 독한 구석이 있어서 잘할 거야. 암! 그렇고말고."

이상종 교수가 흐뭇한 미소를 입가에 흘렸다.

그렇게 며칠 더 고함 교수 곁에서 상태를 지켜보던 김윤찬이 마침내 상경을 결심했다.

"택진이 넌 어떻게 할 거야?"

"어라? 그러면? 나는 내팽개치려고 그랬냐? 당근 바늘 가는 데 실도 따라가야지."

"후후후, 그럼 병원은 어떻게 하려고?"

"인마! 그거 내 거 아니야. 은행 거지, 뭐. 인수하겠다는 사람 나오면 좋겠지만 없어도 상관없어. 이번에 정리하고 너 따라갈란다."

피식, 이택진이 김윤찬을 보며 한쪽 입꼬리를 말아 올렸다.

"우리 수련의 시절보다 더 힘들 수도 있어. 곳곳이 지뢰밭이야. 정말 괜찮겠어?"

"당근! 천하의 김윤찬이 옆에 있는데 무슨 걱정이야. 게다가, 솔직히 나 없으면 너도 별 볼 일 없지 않냐? 그 뭐냐……. 이번에 단트롤렌 건도 그렇고, 예전에 무진동 차량 수배 건도 그렇고!"

"맞아! 너 없으면 난 아무것도 아냐. 부탁해! 내 곁에 있어줘."

"크크크, 좋아. 내가 너 불쌍해서 특별히 소원 들어준다. 자! 가자, 연희로!"

이택진이 눈을 빛내며 두 주먹을 불끈 쥐었다.

그리고 며칠 후, 조병천 원장실.

모든 서류 작업을 마친 김윤찬. 이제부터 연희병원에 정식으로 출근하게 되었다.

대망의 첫 출근 날.

연희병원의 신임 원장 조병천이 김윤찬을 자신의 집무실로 불렀다.

"안녕하십니까, 원장님!"

"오! 김 교수! 어서 와요. 어서 와!"

김윤찬이 원장실로 들어가자 조병천 원장이 반갑게 그를 맞아 주었다.

이사장의 장녀

"그래요. 오랜만에 한국에 오셨는데, 낯설지는 않던가요?"

최대한 친절한 미소를 흘리며 조병천 원장이 살갑게 김윤찬을 맞았다.

이미 존스홉킨스에서 세계적인 명성을 얻은 김윤찬이었고, 연희병원은 존스홉킨스와 전략적 제휴를 맺고 있는 상태였다.

게다가, 존스홉킨스의 세계적인 석학인 스탠튼 교수의 후원을 받는 김윤찬을 홀대할 이유는 전혀 없었다.

아니, 떠받들어 모셔도 이상할 것 하나 없었다.

"네. 5년밖에 안 지났는데요, 뭘. 적응하는 데 크게 문제는 없을 것 같습니다. 한국도 크게 바뀐 게 없는 것 같고요."

확실히 5년 전과는 모든 것이 달라져 있는 김윤찬. 그의 말과 태도에서 기품과 자신감이 묻어져 나왔다.

"음, 그나저나 오자마자 집도를 하셨다고요?"

고함 교수의 심장 수술 소식을 들은 모양이었다.

"네. 정선분원에서 집도했습니다."

"네네. 소식은 익히 들어서 잘 알고 있습니다. 고함 교수는 괜찮으십니까?"

"네. 수술은 잘 끝났고, 지금 회복 중에 계십니다."

"역시! 대단하십니다. 열악한 환경에서도 김윤찬 교수의 수술 실력이 빛을 발했군요. 관상동맥 우회술을 오프 펌프로 하셨다고요?"

"그렇습니다. 워낙 상황이 다급하기도 했고, 환경이 열악했던지라 선택의 여지가 없었습니다."

"그래요, 그래! 역시, 최고의 써전답습니다! 그 어려운 수술을 혼자 힘으로 해내다니요! 정말, 자랑스럽습니다."

조병천 원장이 듣기 좋은 소리로 김윤찬의 비위를 맞추려 했다.

"저 혼자 한 일도 아니고, 그곳의 의료진이 헌신적으로 해줘서 가능했던 결과입니다. 수술은 혼자만의 힘으로 해낼 수 있는 건 아니니까요."

"아, 네. 그야 당연히 그렇죠. 그래도 김윤찬 교수가 없었더라면 큰일 날 뻔한 것 아닙니까?"

"그러니 원장님도 신경을 좀 써 주십시오. 도대체 연희라는 타이틀을 달고 있는 병원에서 이게 무슨 어이없는 일입니까?"

김윤찬이 미간을 찌푸리며 조병천을 향해 쏘아붙였다.

"네? 어떤?"

고개를 갸우뚱거려 보는 조병천 원장.

"정선분원에도 투자를 좀 해 주십시오. 명색이 연희병원 분원인데, 체외 순환기 한 대 구비되어 있지 않다는 게 말이 됩니까? 그 외에 의료 장비들의 수준이 형편없었습니다. 연희병원의 분원이라는 것이 믿기지 않을 정도로요."

김윤찬의 표정에 분노가 가득했다.

"그게, 김윤찬 교수도 잘 아시겠지만, 우리 병원 사정이 여의치 않아서요. 저도 맘 같으면 당장 지원해 주고 싶지만, 그게 참 어렵습니다."

조병천 원장이 난감한 듯 고개를 내저었다.

"본원 로비에 설치된 저 번쩍거리는 인공 폭포값이면 충분할 것 같은데요?"

김윤찬이 조소 섞인 표정으로 창밖을 가리켰다.

"아, 그거야. 예전부터 이사장님이 결정하신 거고……. 그래요. 뭐, 이제 제가 원장에 부임했으니, 신경 좀 쓰도록 할게요."

흠흠흠, 조병천 원장이 멋쩍은 듯 헛기침을 했다.

"네. 자칫 잘못했으면 우리나라 흉부외과계의 거목이 쓰러질 뻔했습니다."

"후우, 그러니까 고함 교수는 왜 거길 가서 그런 험한 꼴을 당하누. 그놈의 똥고집만 좀 꺾으면 아무 문제 없겠구먼."

쯧쯧, 조병천 원장이 입술을 잘근거리며 못마땅한 표정을 지었다.

"똥고집이 아니라 환자를 대하는 진심 어린 신념이십니다."

"허, 허허, 허허허. 그, 그래요. 내가 실언을 했습니다!"

"네. 그나저나 저는 왜 부르신 겁니까? 지금부터 진료 준비 하려면 시간이 빠듯하거든요."

"아아, 뭐. 당연히 그렇긴 하지만 행정적인 부분도 중요해서 말이죠. 계약 문제도 있고, 연봉 문제도 있고 해서……. 우리가 최고 대우를 해 드리긴 할 생각인데, 아무래도 존스홉킨스만큼의 대우는…… 쉽지 않을 것 같군요."

조병천 원장이 난감한 듯 말을 더듬거렸다.

"돈은 필요 없습니다."

"네?? 그게 무슨??"

"일단 이택진 교수 다시 받아 주시고 고함 교수님 회복되시면 복직시켜 주십시오. 그거면 됩니다."

"음……. 정말 조건은 상관없다는 겁니까?"

"그렇습니다. 다만, 제 조건은 우리 병원 흉부외과가 3년 내에 톱 3 안에 들어가는 날, 요구토록 하겠습니다."

"하아, 톱 3라……. 그게 어디 쉽겠습니까? 예전 우리 병원 전성기 때라면 어떻게 비벼 보긴 하겠지만, 지금은 쉽지 않아요. 톱 5 안에만 들어가도 제가 춤을 추겠군요! 서운대는 고사하고 여주대, 심지어 지방에 구산대한테도 밀리는 형국이니……."

쩝, 조병천 원장이 입맛을 다시며 삐죽거렸다.

"전 국내 톱 3를 말씀드리는 게 아닙니다. 3년 내로 연희를 존스홉킨스, 캠브리지 심장 센터와 맞먹는 수준으로 만들어 놓겠습니다."

"그렇지. 적어도 캠브리지……. 뭐라고요?? 세계 톱 3?"

화들짝 놀란 조병천 원장이 굽은 허리를 곧추세웠다.

"네. 제 연봉 협상은 그때까지 미뤄 두겠습니다. 그러면 되겠습니까? 고함 교수님과 이택진 교수를 복직시키는 조건으로 말입니다."

"흠흠흠, 그건 내 맘대로 결정할 수 있는 일이 아니에요."

"그럼 저 역시 원장님과 아무런 약속을 해 드릴 수 없을 것 같군요. 연희 말고도 갈 곳은 많으니까요."

"아, 아니, 아니, 그게 아니라! 내 말은 내 마음대로 결정할 수 있는 사안이 아니라는 거지, 못 하겠다는 거는 아니잖소?"

김윤찬이 자리에서 일어나자 조병천 원장이 급히 그의 옷소매를 잡아당겼다.

"그래서 하시겠다는 건가요? 말겠다는 겁니까?"

"만약 그 말도 안 되는 약속이 어긋나면요? 그러면 어떻게 하겠습니까?"

"3년 동안 제가 받는 월급을 전부 토해 내겠습니다. 그 정도면 되겠습니까?"

"음……. 알겠습니다. 일단 김 교수의 뜻이 그렇다고 하니까, 제가 이사장님과 상의를 해 보도록 하죠."

조병천 원장이 상기된 목소리로 답했다.

"네, 알겠습니다. 제 의견에 동의하시면 연락 주십시오. 전 이만 물러가도록 하겠습니다."

"그래요. 아무튼 김윤찬 교수, 우리 병원에 복귀하신 걸 진심으로 축하합니다. 기대가 커요. 앞으로 한상훈 과장이랑 우리 흉부외과의 옛 명성을 되찾아 봅시다!"

"네에."

"그래요. 한 며칠 푹 쉬고 다음 주 월요일부터 출근합시다! 준비는 총무팀에서 완벽하게 해 둘 겁니다."

"네, 그렇게 하겠습니다."

띠띠띠띠.

잠시 후, 김윤찬이 원장실에서 나가자 조병천 원장이 곧바로 누군가에게 전화를 걸었다.

통화 연결음으로 쇼팽의 '녹턴'이 들리더니 마침내 한 여자가 전화를 받았다.

"여보! 나요."

–그래요. 김윤찬 교수와의 면담은 잘 끝났습니까?

수화기 사이로 앙칼진 윤미순의 목소리가 새어 나왔다.

그녀는 연희병원의 윤 이사장의 장녀이자, 연희재단의 실질적인 소유주였다.

"네, 지금 막 면담 마치고 돌아갔습니다."

핸드폰을 두 손으로 받쳐 든 채 자신의 아내에게 꼬박꼬박 존대하는 조병천 원장이었다.

–그래요? 별말 없었습니까? 아무래도 존스홉킨스 물 좀 먹었으면 원하는 바가 만만치 않을 텐데요? 특별히 요구하는 게 있던가요?

"아, 그게……. 생각보다 쿨하긴 하던데 약간의 변수가 생겨 버렸습니다."

–변수? 그게 뭔데요?

"사실은 김윤찬 교수가……."

조병천 원장이 윤미순에게 김윤찬과의 면담 내용을 상세히 설명했다.

–깔깔깔, 김윤찬 교수, 그 샌님이요? 재밌네?

윤미순의 자지러지는 듯한 웃음소리가 들려왔다.

"네, 저도 엄청 당황했습니다. 이게 무슨 약을 잘못 먹었나 싶었죠. 미국으로 가기 전까지만 해도 쑥맥이던 인간인데, 말하는 폼새가 아주 당당하더라고요?"

-그러게요. 김윤찬 그 인간, 나름 당돌한 면이 있었네? 그러니까 우리 병원 흉부외과를 3년 내에 글로벌 톱 3로 만들겠다? 그 전까지는 연봉 협상 안 하고?

"네, 그러더군요."

-후후후, 그러니까 5년 전 급여 그대로 수령하겠다는 건가요? 자신이 내세운 목표를 달성하기 전까지는?

"네, 그렇습니다. 고함 교수와 이택진 교수를 복직시키는 것과 함께요."

-그래서 당신은 뭐라고 했어요?

"일단, 그건 좀 곤란하지 않을까요? 고함 교수하고 이택진 교수를 복직시키는 것도 그렇고, 만에 하나 김윤찬 교수가 말한 대로 이뤄지면 어떤 요구를 할지 모르잖소. 이거 나중에 발목 잡히면 어쩌려고요?"

-미쳤어요?

"네?? 그, 그게 무슨 말씀이신지……."

-아니, 지금 당신 미쳤냐고욧!

"네?"

당황한 듯 조병천 원장이 눈을 크게 떴다.

-글로벌 톱 3가 누구 집 개 이름입니까? 지금 존스홉킨스 출신, 흉부외과 써전을 펠로우급으로 데려다 부려 먹을 수

있는 상황인데 그걸 놓쳐요?

"그, 그럼 고함 교수와 이택진 교수는요?"

-그것도 마찬가지예요. 고 교수 실력이야 이미 정평이 나 있는 거고, 이택진이야 있으나 마나 한 존재 아닙니까? 솔직히 고함 교수에 김윤찬이면 글로벌까진 안 가더라도 국내 톱 3는 충분히 가능한 라인 업 아닙니까? 제 발로 굴러들어 온 호박을 걷어차겠다는 건가요?

"아니 그래도, 한상훈 과장의 입장도 있고……."

-한상훈이요? 개 풀 뜯어 먹는 소리 하지 마세요. 한상훈 그 인간 언젠가는 당신 머리 꼭대기까지 기어 올라갈 위인이에요. 적당한 선에서 쳐 내지 않으면 당신이 다쳐! 그걸 몰라욧!

"아, 그렇습니까? 난 그냥 한상훈 교수가 싹싹하게 잘하길래……."

-됐어요! 그러니까 당신은 아직 멀었다는 거예요. 무조건 김윤찬이 하자는 대로 하세욧! 잘됐네. 이참에 김윤찬이를 이용해서 한상훈의 수족을 묶어 두는 것도 좋은 방법이겠어요.

"아, 그렇습니까? 그러면 어떻게 하죠?"

-뭘 어떻게 해요? 아직도 내 말이 무슨 뜻인지 모르겠어요?

"그러니까 김윤찬 교수가 원하는 대로 하자는 거죠?"

—이제 좀 이해되십니까? 남편분?

"네네! 그럼요. 완전 이해 잘됩니다. 그럼 그렇게 하겠습니다! 근데, 만약에 말이에요? 정말로 김윤찬 교수가 호언장담한 대로 3년 내에 흉부외과가 글로벌 톱 3에 오르면 어떻게 하죠?"

—당신은 이게 문제야. 그날이 언제 와요? 가만있는데 하늘에서 환자들이 비처럼 쏟아진답디까? 설사 그런 기적이 일어난들 왜 내가 그 걱정을 해야 하는 거죠?

"네?? 그, 그게 무슨 말씀이십니까?"

—우리 남편은 왜 맨날 내가 구구절절 설명을 해야 하죠? 그때 가서 내보내면 되는 거 아니에요? 뭐 어려운 거 있어요??

"아, 네네. 맞아요. 당연히 그렇죠."

—직원들이 원하는 대로 해 줘요! 난 언제나 직원들의 의견을 귀담아 듣는, 정도 경영을 원칙으로 삼고 있는 사람이니까.

"네네, 알겠습니다. 그러면 그렇게 하도록 하겠습니다."

—당신은 괜히 머리 쓰지 말고 내가 하라는 대로만 해요. 알았어요?

"네."

—아, 그리고 나 피트니스 갔다가 마사지숍 갈 거니까 특별한 일 없으면 전화하지 말아요. 알았죠?

“네네, 알겠습니다! 그럼 있다가 저녁에 평창동에서 뵙겠습니다.”

–그래요. 동생들도 오니까 늦지 말도록 해요.

“네네, 알았어요.”

–그리고 당신! 제발 옷 좀 제대로 입고 와요. 맨날 거적때기 같은 거 걸치고 오지 말고! 내 체면을 좀 생각하란 말이에욧!

“네에. 그렇게 할게요.”

–호호호, 김윤찬! 이 인간, 혓바닥에 버터 좀 바르더니, 제법 통이 커졌네? 아, 그리고 김윤찬 교수한테 조만간 내가 연락할 거라고 말해 줘요.

“네? 당신이 직접이요?”

–후후후, 그래요. 자스민 모임에 한번 데리고 가 봐야겠어요. 테스트도 좀 해 볼 겸.

“자스민 모임에요?? 거긴 좀 이르지 않습니까?”

–무슨 말이 그렇게 많아요? 내가 데리고 간다면 가는 거지. 끊어요! 바쁘니깐.

자기 할 말을 다 마친 윤미순이 제멋대로 전화를 끊어 버렸다.

“여보? 여보? 시팔, 끊었네.”

물끄러미 핸드폰을 내려다보는 조병천 원장.

‘아씨, 10년 감수했네.’

휴우, 터져 나오는 안도의 한숨.

조병천 원장이 땀으로 흥건해진 손바닥을 바짓단에 대고 연실 문질거렸다.

다음 날, 원장과 면담을 마친 김윤찬이 서울 근교에 있는 김 할머니의 저택을 찾아갔다.

제자 장영은

"우리 윤찬이 왔니? 어서 오너라!"

쾅쾅쾅, 김 할머니가 버선발로 그 넓디넓은 대청마루를 가로질러 나왔다.

5년이란 세월이 무색하리만큼, 그대로의 모습이었다.

"네, 어머니. 저 왔어요!"

"아이고! 맞구나, 우리 윤찬이!"

와락, 기쁜 마음에 김 할머니가 김윤찬을 끌어안았다.

"아후, 어머니! 숨 못 쉬겠어요."

"이 녀석아! 난 5년 동안 너 못 봐서 생병이 났어. 오랜만에 애미를 만났는데 이 정도도 못 참아? 네놈은 이 애미가 보고 싶지도 않던?"

탁탁탁, 김 할머니가 김윤찬의 등을 토닥거렸다.

"물론, 엄청 뵙고 싶었죠. 그동안 건강하셨죠?"

"이놈아! 암암! 죽더라도 네놈 상판대기는 보고 죽을라고 기를 쓰고 좋은 약이란 약은 다 묵었다. 매끄롬하게 잘생긴 얼굴은 그대로구나야!"

김 할머니가 김윤찬의 몸 이곳저곳을 만져 보며 흐뭇해했다.

김윤찬을 바라보는 김 할머니의 눈에서 꿀물이 뚝뚝 떨어지는 것 같았다.

"네, 어머님도 건강해 보이셔서 다행이네요."

"어서 들어가자. 너 오면 같이 먹으려고 우리 김 비서가 상다리 부서지게 차려 놨다. 여전히 간장게장은 좋아하니?"

"아우, 그걸 말해서 뭐 해요? 어머니가 만드신 간장게장 맛을 어떻게 잊어요. 꿈에서도 나오더라고요."

"그랬니? 오늘 아주 푸지게 먹게 해 주마. 너 오면 줄라고 순창 간장에 알이 꽉꽉 찬 안면도 꽃게로 만들었어!"

"와, 말만 들어도 군침이 도네요."

"그래그래. 어서 들어가자."

김 할머니가 김윤찬의 양손을 부여잡고 안으로 들어갔다.

잠시 후.

그렇게 즐겁게 식사를 마친 두 사람은 좀 더 무게감 있는 대화를 시작했다.

"그래서 네 꿈이 뭐라고?"

김 할머니가 향긋한 오미자차를 마시며 물었다.

"연희를 갖겠습니다."

"하하하하, 그 꿈 한번 대차서 맘에 들구나야!"

연희를 갖겠다는 김윤찬의 당찬 포부에 김 할머니가 목젖이 보이도록 크게 웃었다.

"제가 너무 허무맹랑한 건가요?"

"아냐, 아냐. 그럴 리가 있니? 내 아들이면 그 정도 배포는 있어야지. 암! 난, 네가 너무 조신하고 샌님 같아서 그게 맘에 안 들었다. 역시 양키 놈들 물 맛 좀 보더니 배포가 커졌구나야."

김 할머니의 얼굴에 생기가 가득했다.

"네. 전에는 몰랐는데, 미국에서 돌아와 보니 갖고 싶어졌어요, 연희가!"

"후후후, 그래그래. 연희를 갖고 싶다 했니?"

"네."

"너, 연희를 갖는 데 돈이 얼마나 드는지는 아니?"

"그건 천천히 생각해 보도록 하겠습니다. 돈은 어머님도 많으시잖아요?"

"하하하, 이놈 봐라? 칼만 안 들었지, 완전 날강도구나야. 내 주머니에서 10원 한 장 나오는 게 어디 쉬운 줄 아니?"

"10원 한 장은 나오기 힘들어도 어머니 주머니에서 2천 억을 나오게 하는 방법은 쉽죠."

"뭐라? 2천억? 어떻게 나오게 할 건데?"

"4천억으로 돌려드리면 됩니다."

"하하하, 그래? 내 돈을 가져다가 따블로 만들어 주겠다, 이거야?"

김 할머니가 흥미진진한 표정을 지었다.

"네. 그 정도 수익률을 되어야 하지 않겠습니까?"

"그래. 어디 한번 두고 보자. 일단 그 전에 네가 얼마나 사람들의 마음을 사는 능력이 있는지 지켜보갔어. 어디 한번 그 마음을 훔쳐 보라. 그럼 내가 그때 가서 다시 한번 진지하게 생각해 볼 테니."

김윤찬을 응시하는 김 할머니의 눈빛이 매서웠다.

"누구를 말씀하시는 겁니까?"

"누구긴 누구야? 그 영감탱이 큰 딸내미지. 그 아, 보통 아니다?"

"음, 원장 사모 윤미순 씨를 말씀하시는 겁니까?"

"그래. 너네 병원 원장 조가는 허수아비고 그 뒤에 미순이 갸가 있다. 일단, 그 아이 맘부터 뺏어 봐라. 그러면 나도 긍정적으로 검토할 거구로."

"네에, 그렇게 하겠습니다."

"하하하, 우리 윤찬이가 정말 많이 변했네? 그 눈빛 아주 맘에 든다, 맘에 들어!"

김 할머니가 만족한 듯 환하게 웃으며 김윤찬의 등을 두드려 주었다.

♥

며칠 후, 연희병원 응급실.

정식 출근 하루 전, 김윤찬이 응급실을 찾았다.

때마침 응급 환자 한 명이 침대 위에 놓여 있었고, 전공의 하나가 환자를 치료하고 있었다.

그 모습을 김윤찬이 매의 눈으로 지켜보고 있었다.

"환자분! 괜찮습니까?? 얼굴이 창백해 보이는데?"

"아, 아니요. 죽을 것 같습니다. 선생님! 가슴이 아파. 숨을 못 쉬겠어요."

급속히 창백해지는 환자의 입술. 숨소리마저 점점 잦아들고 있었다.

"의사 선생님! 제발 어떻게 좀 해 주세요. 수, 숨을 못 쉬겠어. 나, 나 좀 어떻게 해 줘!"

지금 환자의 입장에선 담당의에게 사정하는 것 말고는 할 수 있는 것이 없었다.

허억허억.

거기에 호흡부전까지. 조만간 환자는 의식을 잃을 것 같았다.

아직은 본인이 나설 상황이 아니라고 판단한 김윤찬이 조금 더 전공의의 처치를 지켜보기로 결심했다.

멍 자국?

전공의가 환자의 셔츠를 벌려 보자, 가슴에는 푸르스름한 멍 자국이 선명하게 남아 있었다.

"환자분, 이쪽으로 돌아누워 보세요!"

전공의가 뭔가를 알아차린 듯, 누워 있는 환자의 자세를 바꿨다.

"악!"

그러자 환자가 외마디 비명을 토해 냈다.

"왜 그래요, 환자분?"

환자의 비명에 전공의가 화들짝 놀라며 물었다.

뭐긴 뭐야? 제이브이디(경정맥 팽대)지!

환자의 목 주변을 살펴보니, 경정맥이 심하게 부풀어 올라 있었다.

정맥이 부풀어 올라 있다는 건, 혈액순환이 되지 않아 피가 고여 혈관이 부풀어 올랐다는 것.

게다가 앉아 있는 것보다 누워 있을 때 더 통증이 심하고 등 쪽에 커다란 멍 자국이 있다면?

탐폰(심낭압전)이 의심되는 상황이었다.

애송이, 이젠 어떻게 할래?

만에 하나 전공의의 처치가 원활하지 않을 경우, 김윤찬,

자신이 나서기 위해 좀 더 환자에게 가까이 다가갔다.

"장 간호사님, 홍순진 교수님께 호출 좀 해 주세요! 빨리요!"

"네, 알겠습니다."

후후후, 혼자 힘으로는 못 하겠다? 뭐, 홍 선배면 큰 문제는 없겠군?

"도진아! 나 좀 도와줘. 환자분 편안하게 눕혀야 해."

"아, 네. 알았어요."

서툴긴 해도 응급조치 ABC 정도는 알고 있는 녀석이긴 했다.

김윤찬이 매의 눈으로 전공의의 처치 과정을 지켜보았다.

창백해진 환자의 안색을 볼 때, 분명 저혈압성 쇼크가 온 것이 틀림없었다.

"한도진 선생! 도부타민 1앰풀 걸어 줘!"

"네, 알겠습니다."

"아무래도 응급수술에 들어가야 할 것 같은데, 환자 보호자하곤 연락이 된 건가?"

"네, 지금 연락되어서 병원으로 오신다고 하더라고요."

"알았어! 홍 교수님은?? 연락드린 지 오래됐는데 왜 아직 안 오시는 거야? 장 간호사님! 장 간호사님!"

전공의가 다급하게 장 간호사를 찾았다.

“네, 영은 쌤! 지금 홍 교수님, 수술 중이시래요! 일단 수술 끝나시는 대로 바로 내려온다고 하셨는데, 그러면 너무 늦을 것 같은데, 어떡하죠?”

“장대한 교수님은요?”

“장 교수님 부산에 학회 가셨잖아요?”

“하아, 이걸 어떡하지?”

“영은 선배님! 환자, 의, 의식이 없는 것 같아요. 눈동자가 반응을 안 합니다.”

그 순간, 인턴 한도진이 목소리 톤을 높였다.

“호흡은? 호흡은 어떤데?”

“불안정해요! 어, 어떡하죠?”

인턴 나부랭이 따위가 해결할 수 있는 상황이 아니었다.

아이고, 우리 애기들이 할 수 있는 건 여기까진가 보다. 내가 나서야 할 것 같네.

이제 김윤찬이 직접 나서야 할 때인 듯싶었다.

“심음 체크해 봐.”

마침내 김윤찬이 나섰다.

“심음이 굉장히 떨어졌……. 누, 누구시죠?”

김윤찬의 갑작스러운 등장에 전공의, 장영은이 말을 더듬었다.

“지금 내가 누군지가 중요한가?”

“하아, 지금 제가 잡상인하고 입씨름할 상황이 아닙니다!

여기 일반인 출입 금지니까 당장 나가 주세요."

"후후후, 잡상인?"

"지금 환자 위급한 거 안 보이십니까? 보안팀은 뭐 하는 거야! 장 간호사님? 빨리 보안팀에 연락해서 이 사람 끌어내라고 하세요!"

장영은이 짜증 섞인 목소리로 쏘아붙였다.

"후후후, 너 이러다가 환자 죽인다? 심음이 굉장히 떨어졌지? 지금 당장 목 주변을 살펴봐."

"아니, 진짜? 지금 뭡니까?"

"당장 살펴보라고! 너 이러다가 환자 죽인다? 주글라 벌브(경정맥 팽대) 안 보여?"

"다, 당신 뭡니까? 의사십니까?"

"의사면 내 말 듣고, 아니면 날 내쫓을 건가? 조언할 만하니까 하는 거야. 내 말대로 살펴봐. 당장!"

김윤찬이 압도적인 카리스마로 장영은을 몰아붙였다.

"아니, 내가 당신을 뭘 믿고 하라는 대로 합니까? 신분부터 밝히시죠??"

하지만 장영은 역시, 한 발자국도 뒤로 물러서지 않았다.

"야, 장영은! 그냥 저분이 하라는 대로 하지?"

바로 그때였다.

수술을 마치고 응급실로 내려온 홍순진 교수가 카랑카랑한 목소리로 장영은을 다그쳤다.

"네?"

"야, 바로 너 옆에 있는 사람이 김윤찬 교수야. 그러니까 잔말 말고 김 교수가 시키는 대로 하는 게 좋을걸. 앞으로 의국 생활 편안하게 하려면?"

"네?? 존스홉킨스에 계시는 김윤찬 교수님이요?"

김윤찬이란 홍순진 교수의 말에 장영은이 반사적으로 김윤찬을 쳐다봤다.

"그래. 내가 김윤찬이야. 이제 신분 확인은 된 건가?"

"아, 네! 교수님! 제가 교수님을 몰라뵙고 무례를 범했습니다. 죄송합니다. 정말 죄송합니다."

장영은이 토마토 같은 얼굴로 거듭 고개를 숙여 사죄했다.

"됐고! 지금 환자가 급하니까, 치료부터 하자고!"

"네에, 교수님!"

꿀꺽, 장영은이 마른침을 삼켜 넘겼다.

"환자 목부터 확인해!"

"네, 교수님! 목 부위 혈관이 상당히 부어 있습니다. 게다가 얼굴이 창백한 게, 혈압도 떨어지는 것 같고요. 가슴에 멍자국이 있는 걸로 봐서, 심장 쪽에 문제가 생긴 것 같아요."

"이름이 뭐라고 했지?"

"네, 흉부외과 2년 차 장영은입니다!"

"좋아, 장영은 선생! 환자, 맥박 확인해."

"네, 잡았습니다."

"수치 얼마야?"

"분당 180입니다. 심하게 뛰는데요."

"환자 일으켜 세우고, 베개로 허리 밑을 받쳐 줘."

"네, 알겠습니다."

심낭에 삼출액이 많아지면 그 삼출액이 심장을 압박해 말할 수 없는 통증을 유발한다. 그래서 누워 있을 때 더 통증이 더 심하기 때문에, 김윤찬이 환자를 일으켜 세우려 했다.

"흔한 케이스는 아닌 것 같은데, 블런트 인저리(둔상)에 탐폰일 확률이 높아."

"네? 카디악 탐폰(심낭압전)이요?"

"그래, 아무래도 천자를 해야 할 것 같아."

"하아, 네. 알겠습니다. 교수님이 천자 하실 수 있도록 제가 바로 준비토록 하겠습니다."

"아니, 잠깐! 천자는 네가 할 거야. 난 옆에서 네 실력을 구경만 할 거고."

"네?? 그, 그게 무슨 말씀이십니까?"

김윤찬의 말에 깜짝 놀란 장영은이었다.

"뭘 그렇게 호랑이 만난 토끼처럼 겁을 집어먹어? 흉부외과 짬밥 2년이면 심낭천자 정도는 해야 하는 거 아냐?"

"아, 아니 그래도……."

난감한 표정의 장영은.

"걱정 마. 누가 너 혼자 북 치고 장구 치고 다 하래? 내가 옆에서 어시스트 설 테니까, 배운 대로만 해 봐."

대한민국 흉부외과 최고의 써전, 김윤찬의 어시스트 제안이었다.

"하아, 네! 그러면 제가 한번 해 보겠습니다."

김윤찬의 제안에 장영은이 두 주먹을 불끈 쥐었다.

❤

"14게이지 바늘 가져와."

김윤찬이 장영은에게 지시했다.

"교수님, 주사기 가져왔습니다."

잠시 후, 장영은이 용량 50cc, 바늘 크기 14게이지 천자를 가지고 왔다.

"심낭천자 순서는 알겠지?"

김윤찬이 무표정한 얼굴로 물었다.

"네, 알고 있습니다."

긴장한 기색이 역력한 장영은의 표정. 하지만 환자를 바라보는 장영은의 눈빛은 제법 날카로웠다. 말로만 듣던 김윤찬이라는 큰 산 앞에서 자신의 실력을 제대로 뽐내 보려는 의지가 가득한 눈빛이었다.

"좋아, 시작해."

"네!"

'이렇게 된 거 하는 데까지 해 봐야지!'

장영은이 어금니를 악다물더니 두 주먹을 불끈 쥐고는 라텍스 장갑을 꼈다.

베타딘(소독약)을 가슴 주변에 골고루 바르는 장영은.

"교수님, 전부 도포했습니다."

"뭘 대단한 걸 했다고 그런 표정을 짓나? 그럼 다음 단계로 가야지?"

"아, 네. 죄송합니다."

"죄송할 건 없고, 자네 정신 줄이나 제대로 잡지? 그런 덜덜이로 제대로 할 수 있겠어?"

김윤찬이 미세하게 흔들리는 장영은의 손가락을 가리켰다.

"아, 네. 알겠습니다."

후우, 장영은이 긴장을 풀려는 듯 심호흡을 했다.

"의사한테는 실수란 단어는 용납이 안 돼. 단 한 번의 실수로 환자의 생명을 잃을 수도 있다는 걸 명심하도록 해. 자신 없으면 이쯤 해서 그 바늘 내려놓든가?"

턱짓으로 장영은이 들고 있는 천자를 가리키는 김윤찬.

김윤찬이 장영은에게 주의를 주었고, 어느새 홍순진이 다가와 장영은의 시술을 유심히 관찰하기 시작했다.

"아닙니다! 자신 있습니다!"

"뭐 해? 시작 안 해? 오늘 여기서 밤새울래?"

김윤찬이 무심한 표정으로 퉁명스럽게 말했다.

"네! 이제 시작하겠습니다."

'클레비클(쇄골)에서 아래쪽으로 한 뼘 정도 아래. 복장뼈 아래 툭 튀어나온 곳! 여기가 바로 자이포이드 프로세스(검상돌기)야!'

손바닥으로 검상돌기 위치를 가늠해 보는 장영은의 표정은 진지했다.

"그래, 맞아. 거기가 자이포이드 프로세스다. 그럼 어떻게 해야 하지?"

그 모습을 관심 있게 지켜보던 김윤찬이 물었다.

"네, 이제는 바늘을 찔러 플루이드(심막에 고인 유동체)를 빼내기만 하면 됩니다!"

장영은이 막힘없이 다음 프로세스를 김윤찬에게 설명했다.

"좋아, 그럼 주의할 점은?"

"네, 인터코스탈 아테리(늑간동맥)를 다치지 않도록 세심한 주의를 기울여야 합니다."

"좋아, 거기 네가 만진 가슴에 톡 튀어나온 부분, 바로 아랫부분에 약 30도 각도로 바늘을 찔러 넣어. 뭔가 조금이라도 걸리는 부분이 생기면 바로 빼내는 거 명심하고!"

김윤찬이 입가에 엷은 미소를 띠며 처치를 지시했다.

"네, 알겠습니다."

그리고 시작된 장영은의 심낭천자.

꿀꺽.

마른침을 삼키는 소리.

모두는 숨죽이며 장영은의 손끝에 시선을 집중하고 있었다.

잡혔어!

잠시 후, 손끝의 감각으로 찾은 포인트. 이제는 과감히 바늘을 찔러 넣기만 하면 됐다.

푸슉.

장영은이 미련 없이 바늘을 찔러 넣었다. 걸리적거리는 것 없이 바늘이 매끈하게 들어간 것 같았다.

의사는 이럴 경우 본능적으로 알게 된다. 자신의 시술이 성공했다는 것을!

"성공이야!"

장영은이 자기도 모르게 목소리 톤을 높였다.

주르르

그러더니 잠시 후, 심막에 고인 액체가 조금씩 흘러나오기 시작했다.

장영은의 시술은 대성공이었다.

"쟤! 제법이네요?"

그 모습을 지켜보던 김윤찬이 자신의 어깨로 옆에 있던 홍순진의 어깨를 툭 건드렸다.

“그래. 장영은이라고, 재진대 출신인데 제법 괜찮아. 김 교수가 데려다 쓰려면 써도 돼.”

후후후, 홍순진 교수가 팔짱을 낀 채, 입가에 흐뭇한 미소를 띠었다.

“그래요? 제가 가져도 되나요?”

“뭐. 원래는 내 머슴인데, 위스키 한 잔 사 주면 노비 문서 따위는 벅벅 찢어 버릴 수도 있긴 하지. 콜?”

“후후후, 당근 콜이죠!”

“그나저나, 이 낮도깨비 같은 인간아? 오면 온다, 가면 간다는 말이라도 해야 할 것 아니냐? 넌 매번 이런 식이냐?”

“죄송해요. 어차피 이렇게 만났잖아요? 그동안 잘 계셨죠? 장 선배님은 잘해 주시고요?”

“그 인간 얘기는 하지도 마라. 아무튼, 한잔하면서 그동안에 묵은 썰이나 풀어 보자. 내가 진짜 할 얘기가 많아. 아주 판타스틱, 스펙타클해. 운명의 데스티니, 지옥의 헬 같은 일들이 많았다. 너 없는 5년 동안!”

“네, 그러시죠. 아무튼 재는 제가 갖겠습니다?”

김윤찬이 턱짓으로 장영은을 가리켰다.

“그러라니깐?”

“넵. 나중에 무르기 없기입니다?”

김윤찬이 확신에 찬 표정으로 장영은의 모습을 지켜보고 있었다.

"잘했어. 거의 다 끝났군. 이젠 식염수로 정맥주사 해서 심장 용적만 넓혀 주면 다 끝난다. 마무리할 수 있겠지?"

"네, 교수님!"

장영은이 뿌듯한 듯 잔뜩 움츠렸던 등을 일자로 바로 세웠다.

"그래. 천자만 끝났다고 모든 게 해결된 건 아니야. 학계의 보고에 의하면 심낭천자 환자 중 대략 5% 정도는 혈성 심낭 삼출, 우심실 천공, 쇼크 등 심각한 합병증이 야기되기도 한다. 환자 바로 ICU(중환자실)로 보내고, 심낭 삼출액 검사하도록!"

"네, 알겠습니다!"

"자네 이름이 뭐라고 했지?"

"네, 2년 차 장영은입니다."

"그래? 옛날에 내 동기 이름이랑 같네?"

"네?"

"아냐, 아무것도. 아무튼 나 내일부터 출근하니까, 앞으로 내 일 좀 도와줄 수 있겠나?"

"네? 교수님을요??"

장영은이 믿을 수 없다는 듯이 눈을 깜박거렸다.

"뭘 그렇게 놀라? 일단 내일 출근하면 내 방으로 와."

"네! 네! 영광입니다. 교수님!!"

장영은이 해맑게 웃으며 연거푸 고개를 숙여 인사했다.

'재진대라……'

그런 장영은을 김윤찬이 물끄러미 응시하고 있었다.

♥

며칠 후, 한상훈 과장실.

"어서 와요, 김 교수!"

방글거리며 김윤찬을 환대하는 한상훈 과장. 5년 사이 달라진 김윤찬의 위상을 확인할 수 있는 순간이었다.

"네, 그동안 잘 지내셨습니까?"

김윤찬 역시, 한상훈 과장에게 정중하게 인사했다.

"그래요. 그동안 많은 일이 있었지요. 좋은 일도 있었지만, 안 좋았던 기억이 더 많군요? 앞으로 김 교수가 우리 흉부외과를 잘 좀 이끌어 줘요."

한상훈 과장이 김윤찬의 양손을 붙잡았다.

"미력하나마 도움이 될 수 있도록 노력하겠습니다."

"아무렴요! 당연히 큰 도움이 될 겁니다. 제가 조만간 성대한 환영 파티를 준비토록 하죠."

"뭐, 얼마나 대단한 사람이라고 환영 파티씩이나……."

"특별하죠! 천하제일의 흉부외과 써전이 돌아왔는데, 대충 넘어갈 수 있습니까?"

"그럴 필요 없습니다."

"아니에요. 아주 천군만마를 얻은 기분이에요! 정말 꿈만 같습니다. 존스홉킨스 출신에 미국 흉부외과 톱 20에 입성한 김윤찬 교수를 이렇게 모실 수 있다니!"

한상훈 과장이 호들갑과 함께 너스레를 떨었다.

"네, 환대해 주셔서 감사합니다."

"그래요! 아주 기분이 좋습니다. 방은 맘에 듭니까? 제가 신경 쓴다고 썼는데……."

"네. 과분하더군요. 신경 써 주셔서 감사합니다."

"아뇨, 아뇨. 천하의 김윤찬 교수가 집무할 곳인데, 허투루 해서 쓰나요? 맘에 든다니 정말 다행입니다."

"네, 무척 마음에 들더군요. 앞으로 훌륭하신 과장님 모시고 최선을 다해, 명가 부흥에 앞장서도록 하겠습니다."

"훌륭하신 과장님요?"

"네. 저는 그렇게 생각하고 있습니다만, 뭐가 잘못됐나요?"

"하하하, 아뇨, 아뇨! 미국에서 오래 계시다 보니, 빈말이 많이 늘었습니다?"

한상훈이 의외라는 듯 김윤찬의 눈치를 살폈다.

"빈말 아닙니다."

"그래요? 놀랍군요? 원래 이런 낯간지러운 소리 못 하지 않았습니까? 뭐, 까짓것 아무렴 어떻습니까? 김 교수한테 칭찬을 들으니 나쁘진 않군요."

“앞으로 열심히 하자는 의미입니다. 과장님과 고함 교수님과 그리고 이택진 교수와 함께 힘을 합해서요.”

“네? 지금 뭐라고 하셨습니까? 누구요?”

조금 전까지만 해도 만면을 가득 채웠던 홍조가 싸늘히 식어 버린 한상훈이었다.

“고함 교수님과 이택진 교수라고 했습니다.”

“허허허, 지금 농담하시는 거죠? 그분들이라면 다른 곳에 계신데, 제가 주소라도 알려 드려요?”

한상훈이 최대한 평정심을 유지하려 애를 썼다.

“아뇨. 한 분은 제가 존경하는 스승님이고 또 한 사람은 절친인데 주소를 모를 리 있겠습니까? 이택진 교수는 이번 주부터, 고함 교수님은 회복되시는 대로 근무하실 겁니다.”

“뭐라고?? 출근? 담당 과장인 내가 허락하지 않은 일이 어떻게 벌어진다는 거지?”

마침내 본색을 드러내는 한상훈. 당황하자 반말이 튀어나왔다.

“제가 원장님께 직접 허락을 받았습니다. 물론, 이사장님의 재가도 떨어졌고요. 무슨 문제 있습니까?”

“워, 원장님과 이사장님의 허락이 있었다고요?”

“네. 모든 인사권은 이사장님이 가지고 계신 걸로 아는데, 아니었던가요?”

“…….”

끄응, 김윤찬의 말에 목 밑에서부터 붉은 기운이 올라오기 시작하는 한상훈 과장이었다.

"아, 그리고 그 환영 파티는 그냥 지인들 몇몇이랑 조촐하게 할 생각이니, 별도로 준비하지 말아 주십시오. 우리가 그렇게 살갑게 마주 보면서 술잔 기울일 사이는 아니지 않나요?"

"……."

여전히 분을 참지 못하겠는지 한상훈 과장의 입술이 파르르 떨렸다.

"그럼 전 이만 나가 보도록 하겠습니다. 앞으로 많은 지도 편달 부탁드립니다, 과장님!"

김윤찬이 한쪽 입꼬리를 말아 올리며 정중하게(?) 인사했다.

"그, 그래요. 나가서 일 보세요."

한상훈 과장이 똥 씹은 표정으로 손을 내저었다.

'그 옛날 인턴 실습 때 당신이 그랬던가? 내가 기본기가 충실해서 충분히 좋은 써전이 될 거라고? 그런데 어떡하지? 내가 당신보다 더 실력이 좋아졌으니 말이야. 이제 똥차 세워서 길 막지 말고 좀 치우지?'

피식, 김윤찬이 자신만만한 표정으로 양손을 가운 주머니에 찔러 넣었다.

일주일 후, 원장실.

조병천 원장이 김윤찬을 자신의 집무실로 불렀다.

“어서 와요, 김 교수!”

“네, 원장님.”

“근무는 할 만합니까?”

“그럼요. 원래 이곳이 내 직장이었으니까요.”

“허허허, 그래요? 맞죠. 이곳이 김윤찬 교수의 친정이나 마찬가지니까요. 조금이라도 불편한 점이 있으면 말씀하세요. 바로 시정해 드리도록 하겠습니다.”

“네. 아직까지 특별히 불편한 건 없습니다. 그나저나 무슨 일로 저를 찾으셨습니까?”

“음, 다름이 아니라…….”

조병천 원장이 조심스럽게 꺼낸 얘기. 조병천 원장 부부가 참여하고 있는 봉사 단체, ‘자스민’에 김윤찬을 초대하겠다는 내용이었다.

명목상 봉사 단체일 뿐, 자신들만의 인적 네트워크를 구축하기 위해 정재계 인사들이 모이는 사적 모임이었다.

“그래요? 그런 좋은 모임이라면 저도 참여하고 싶군요. 초대해 주셔서 감사합니다.”

“그래요, 그래! 정치계, 재계 각지의 유력 인사들이 전부 참여하고 있으니, 이번 기회에 김 교수도 사람들과 관계를 좀 맺어 두세요. 앞으로 큰 도움이 될 겁니다.”

"네, 그렇게 하겠습니다."

♥

'자스민이라…….'

잠시 후, 자신의 집무실로 돌아온 김윤찬이 의자에 앉아 눈을 감았다.

'한때 죽도록 끼고 싶었던 곳 아닌가? 세상 많이 변했군. 예전엔 기회조차 주질 않더니, 이젠 손수 들어와 달라니!'

띠띠띠띠.

그렇게 의자에 앉아 중얼거리던 김윤찬은 주머니에서 핸드폰을 꺼내 누군가에게 전화를 걸었다.

윤미순을 접수하라

김윤찬 진료실.

원장 사모 윤미순은 여러 가지 심장 관련 검사를 비롯해 각종 검사를 받았고, 이를 확인하기 위해 김윤찬의 진료실을 찾았다.

굳이 흉부외과 써전을 찾을 이유는 없었으나, 윤미순의 목적은 그것에 있지 않았다.

문을 열고 들어오는 윤미순.

그의 목적은 김윤찬의 간을 보겠다는 것이었다.

즉, 자스민의 멤버로 김윤찬이 적합한지 테스트를 하고 싶은 그녀였다.

회귀 전 단 한 번도 본 적 없는 이사장의 장녀, 윤미순.

생각보다 젊고 아름다운 여자였다, 몹시!

그녀의 모습을 보자 김윤찬이 짧은 탄성을 내뱉었다.

수수한 옷차림에도 불구하고 부티가 줄줄 흐르는 그녀. 피부는 투명하고 매끄러웠으며, 이목구비는 손댄 자국 하나 없이 자연스러웠다.

한마디로 부티가 줄줄 흐르는 여자였다.

뭐야? 광채까지?

자기도 모르게 차트를 확인해 보는 김윤찬.

분명 50대임에도 불구하고 30대로 보일 만큼, 눈부신 외모를 가진 여자였다.

"앉으시죠."

"네."

김윤찬의 말에 건조한 어투로 답한 후 의자에 앉는 그녀.

"음. 환자분, 대장 내시경 언제 받으셨습니까?"

"대장 내시경이요?"

김윤찬의 뜬금없는 질문에 윤미순이 고개를 갸우뚱했다.

"네, 그렇습니다."

"심장이 아니라 대장을 말씀하시는 건가요?"

"그렇습니다, 대장 내시경."

"교수님은 흉부외과 의사 아니셨습니까?"

"네. 그렇긴 한데, 대장에 문제가 좀 있어 보이거든요. 아무튼 제가 보기엔 얼마 되지 않은 것 같은데, 맞습니까?"

"네, 얼마 전에 받았습니다."

윤미순이 가볍게 고개를 끄덕였다.

"좀 더 정확하게 말씀해 주시겠습니까?"

"그게 언제더라……."

윤미순이 고개를 갸우뚱거렸다.

"제 생각엔 대략 2주 전쯤에 받으신 것 같은데? 맞나요?"

"그런 것 같군요. 여기 연희병원에서 검진했습니다. 그런데 뭔가 문제가 있나요?"

김윤찬이 검사 시기까지 짚어 내니 걱정하지 않을 수 없는 윤미순이었다.

"내시경 검사 이후에 열이 난다거나 배가 아프다거나 하지 않았나요?"

"뭐, 약간 몸살기가 있는 정도였어요. 제가 둔한 편이라……."

"혹시 실례가 되지 않는다면 하나 여쭙겠습니다. 자궁 쪽에 질병을 앓았던 적이 있으십니까?"

"……."

조금은 당혹스러운 김윤찬의 질문에 윤미순이 살짝 얼굴을 붉혔다.

"환자분?"

"별로 말씀드리고 싶지 않은데요."

불쾌한 표정의 윤미순.

“환자가 의사를 믿지 않는다면 저 역시 환자분을 봐 드릴 수가 없습니다. 그러면 다른 병원으로 가십시오. 더 이상 제가 환자분을 볼 이유가 없을 것 같군요.”

“호호호, 너무 근엄하셔서 제가 잠깐 움찔하네요. 그래요. 말씀드리죠. 올 초에 자궁 절제술을 받았어요. 자궁내막에 염증이 심하다더군요.”

제아무리 여장부 같은 그녀라 할지라도 민감한 부분이 아닐 수 없었다. 김윤찬이 단호한 태도를 보이자, 윤미순이 말문을 열었다.

“자궁 절제술요?”

“네, 그렇습니다.”

“혹시, 제 앞머리 쪽에 흰머리 보이십니까?”

갑자기 김윤찬이 윤미순에게 이마 쪽을 가리켰다.

“그 앞쪽에 새치 말씀하시는 겁니까?”

“후후후, 아뇨. 그게 저도 새치인 줄 알았는데, 흰머리더라고요. 요즘 곳곳에 흰머리가 생겨요. 저도 이제 나이를 먹는 걸까요?”

“아직 젊으신 것 같은데.”

“어휴, 그렇지 않아요. 이와 마찬가지로 사람의 장기는 노화하기 마련이에요. 그건 불로초를 드신다고 해도 마찬가지입니다. 제 흰머리처럼 환자분의 자궁도 노화 현상을 겪고 있는 겁니다.”

"블로초라, 재밌네요."

윤미순의 입가에 엷은 미소가 걸려 있었다.

"통계자료에 의하면 우리나라 40대 이상의 거의 모든 여성은 크고 작은 자궁 관련 문제가 있고, 60대 이상의 여성 중에 약 1/3, 40대 50대 여성들도 드물지 않게 자궁 절제술을 받습니다. 나이 먹는 걸 부끄러워할 필요가 있을까요?"

"부끄럽다고 하진 않았는걸요?"

"아, 죄송합니다. 보통은 그렇게 생각하셔서."

"방금 선생님이 나이를 먹으면 어쩔 수 없는 거라고 하셨잖아요. 그런데 제가 부끄러워할 필요가 있을까요?"

"네네, 맞는 말씀이시네요. 아무튼 생활하시는 데 아무런 문제가 없으니, 그 점에 대해선 걱정하지 않으셔도 될 것 같군요."

"그러면 운동해도 되나요?"

"그럼요. 당연히 하셔도 좋죠. 다만, 과한 운동보다는 가벼운 스트레칭을 하신 후에 골반기저근 운동을 시작으로 호흡, 골반 굴리기 등등 수술로 인해 약해진 골반을 강화하시다가 적응되시면 뭐, 하고 싶으신 운동 맘껏 하시도록 하세요!"

"다요? 웨이트를 해도 된다는 말씀이신가요?"

"물론이죠. 환자분 하고 싶은 거 다 하세요! 보통 절제술을 받은 환자들은 복부가 약해져 힘을 줄 수 없다고들 하시거나 복부 아래쪽 근육과 연결이 잘 안 되는 경우가 많은데, 그럴 때는 편안하게 누우셔서 레그 슬라이드를 하시면 도움이 되실 겁니다."

"그렇군요."

그제야 윤미순이 입가에 엷은 미소를 띠었다.

"아니면, 필라테스 리포머에 누우셔서 약간 가볍다 느낄 정도의 무게로 풋워크를 해 주시면 골반 강화에 큰 도움이 될 겁니다."

"좋은 방법이네요. 집에서 한번 해 봐야겠어요."

"네. 나이를 먹는 거야 어쩔 수 없지만, 본인의 노력에 따라 노화를 어느 정도 막는 건 가능하니까요. 환자분은 굳이 그럴 필요도 없어 보이긴 하지만요."

"호호호, 좋은 날 다 지났는걸요."

어느새 김윤찬을 향해 지었던 장벽을 조금씩 허물어 내는 윤미순이었다.

"아닙니다. 워낙 관리를 잘하셔서 나이보다 훨씬 어려 보이십니다."

"듣기 싫지 않은 걸 보니, 나름대로 성공하셨네요."

"아, 그렇습니까? 다행이네요. 그건 그렇고 지금부터는 조금 중요한 말씀을 드려야 할 것 같네요. 음……."

"무슨 문제가 있는 건가요?"

"네, 약간요. 지난번 내시경을 하실 때, 용종 몇 개는 잘

떼어 내셨던 것 같은데, 게실로 쪽에 살짝 천공이 생긴 것 같아요. 아, 게실로는 소화관을 말씀드리는 겁니다."

"천공이라면, 구멍이 생겼다는 건가요?"

천공이란 말에 윤미순의 눈동자가 미세하게 흔들렸다.

"네, 심각한 정도는 아니니 너무 걱정하지 마세요. 원래 대장의 벽은 대략 1~2밀리리터 정도의 매우 얇고 연약한 표면으로 되어 있거든요. 그러니 주의하지 않으면 잘 찢어집니다."

"아, 네."

"연세가 많아 대장벽 자체가 약해졌거나, 환자분처럼 자궁 절제술 혹은 맹장을 비롯해 여러 가지 복부에 수술 이력으로 인해 유착된 경우에 가끔 이런 일이 있을 수 있습니다."

"전혀 몰랐네요. 그러면 어떻게 해야 하는 거죠?"

본인 역시 몰랐던 일. 조금은 당황하는 윤미순이었다.

"너무 걱정 마세요. 하루 이틀 정도 입원하셔서 치료를 받으시면 괜찮아지실 겁니다. 제가 이미 대장항문외과 최 교수에게 연락을 취해 둔 상황입니다."

"어머? 정말요?"

"네, 그렇습니다. 최 교수가 그 분야만큼은 최고니까요."

"우리 병원 최 교수를 말하는……."

자기도 모르게 윤미순의 입에서 우리 병원이란 말이 튀어나와 버렸다.

“후후후, 연희병원을 참 많이 아껴 주시는가 봐요?”

“아, 네. 제가 착각을…….”

“그러면 하나만 더 여쭙겠습니다. 혹시 내시경 하실 때, 자궁 절제술 이력을 고지하셨나요?”

“네. 문진표에 란이 있어서 했어요.”

“그렇군요. 잘하셨어요. 미세하지만 분명 장천공이 생겼고, 그로 인해 환자분이 생활의 지장을 받으셨으며, 건강에 문제가 생겼으니 당연한 절차라고 생각합니다. 의료 과실에 대한 책임을 묻는 것도 당연한 환자의 권리이기도 하고요.”

“좀 당황스럽네요. 제가 듣기론 의사들끼리는 이런 말 잘 안 해 준다고 하던데…….”

확실히 조금은 당황한 모습의 윤미순이었다.

“동업자 정신 같은, 뭐 그런가요?”

“네. 그게 의사들 사이에서 불문율 아닌가요?”

“천만에요. 요즘 같은 적자생존의 시대에 나만 잘한다고 되나요? 고의적으로 상대를 음해할 필요는 없지만, 잘못된 것을 눈감아 줄 만큼, 제가 양심이 없지는 않습니다.”

“호호호, 선생님 정말 특이하시네요?”

“아이고, 농담입니다. 농담! 그래서가 아니라, 과실이 있으면 누구든 그에 대한 책임을 져야 한다고 생각해요. 의사라고 해서 그냥 눈감고 넘어갈 일은 아니죠. 이런 상황에 동업자 정신이란 좋은 말을 사용하는 건 어울리지 않는 것 같군요.”

“아뇨. 적자생존이라…… 오랜만에 정말 마음에 드는 말이군요. 그러면 저도 뭐 하나만 여쭤봐도 될까요?”

“네, 말씀하시죠.”

“만약에 반대로 선생님이 이런 실수를 하셨다면?”

“그만한 일에 실수할 거라면, 애초에 의사라는 직업을 선택하지도 않았을 겁니다. 이 정도면 대답이 됐을까요?”

“호호호, 우문현답이군요.”

역시나 그녀의 입가에 살짝 미소가 걸리는 듯했다.

“어떻게, 입원부터 하시겠습니까? 아니면 오진한 의사부터 조지시겠습니까?”

‘제법 쓸 만할 것 같은데?’

“호호호, 일단 치료부터 받는 게 정석 아닐까요?”

처음 김윤찬을 만났을 때와는 완전히 바뀐 윤미순의 표정이었다.

“당연히 치료부터 받으시는 게 맞죠. 깔끔하게 치료받으신 후에 환자 권리 장전에 명시된 환자의 권리를 찾으시길 바랍니다.”

“네, 그렇게 할게요.”

“그러면 일단 입원부터 하시죠. 한 이틀 정도 입원하시면 괜찮아지실 겁니다. 그나저나 부군께 연락을 드려야 하지 않을까요?”

"제가 기혼인 걸 어떻게 아셨죠?"

"그거 결혼반지 아니신가요?"

김윤찬이 턱짓으로 윤미순의 손가락을 가리켰다.

"눈썰미가 대단하시네요."

"워낙 튀는 반지라."

"이 반지를 알아요? 흔하지 않은 건데?"

"뭐, 몇 번 비슷한 걸 본 적이 있는 것 같아서요. 아무튼, 부군께 연락하시는 게 좋겠네요."

"아, 네. 알겠습니다."

잠시 후.

'조병천 원장, 생긴 건 그래도 아내 하나는 최고로 얻으셨군.'

띠띠띠띠.

윤미순이 자신의 진료실에서 나가자, 김윤찬이 인터폰을 눌렀다.

"원장님, 김윤찬입니다."

–그래요, 김 교수. 무슨 일이십니까?

"다름이 아니라, 오늘 사모님이 입원을 하실 것 같아서요."

–그래, 입원해야……. 뭐? 뭐라고?

그날 저녁, VIP 전용 입원실.

윤미순이 장천공이라는 진단을 확인한 조병천 원장이 헐레벌떡 입원실로 달려왔다.

"당신, 왔어요?"

조병천 원장이 들어오자 윤미순이 일어나 앉았다.

"여, 여보! 이게 어떻게 된 일입니까?"

사색이 된 조병천 원장.

"당신이 이렇게 호들갑을 떠는 것을 보니, 김 교수의 진단이 맞는가 보군요. 내 말이 맞나요?"

"지금 김 교수 방에 들러서 확인하고 오는 길입니다! 대체 어떻게 이런 일이……."

조병천 원장은 윤미순이 장천공이라는 것보다 자신이 이를 모르고 있었다는 게 더 큰일인 듯했다.

언제 불호령이 떨어질지 모르니 말이다.

"김 교수가 그렇게 위험한 건 아니라고 합디다. 괜히 소란 피우지 말아요."

"네네, 천만다행으로 아주 미세하게 게실부에 구멍이 생겼대요. 운 좋게 김 교수가 잡아냈어요. 엔간하면 안 보일 텐데."

"운 좋게요? 그러면 당신은 운이 없었던 건가요?"

"아, 그게 장 교수가 워낙 믿을 만한 사람이라 전혀 의심하지 않아서요."

"됐고요. 그러면 수술은 안 해도 되는 건가요?"

흥분한 조병천 원장에 비해 윤미순의 표정은 덤덤했다.

"네네, 다행히 1센티 미만이라 한 이틀 금식하시고 항생제 투여하면 좋아질 겁니다."

"다행이군요."

"아, 네. 그나저나 노련한 장 교수님이 왜 그런 실수를 한 건지 모르겠네요. 그럴 사람이 아닌데."

조병천 원장이 난감한 표정을 지었다.

"됐고. 당장 소송 준비나 해 줘요."

"……무슨 소송을 말씀하시는 건지……."

조병천 원장이 우물쭈물 말을 잇지 못했다.

"무슨 소송이라뇨? 실수했으면 응당 그에 맞는 대가를 치러야 할 거 아니에요!"

윤미순의 얼굴에 노기가 가득했다.

"그러니까 누, 누구를 상대로 소송을 하시겠다는 건지?"

"누구긴요! 장 교수죠."

"헐, 농담이시죠? 장 교수는 우리 병원 교수 아닙니까?"

자신의 병원 교수를 소송하겠다고 하니 조병천 원장의 입장에서는 당황스럽지 않을 수 있겠는가?

"이게 적당히 넘어갈 일이에요? 남편분! 장천공이라는 게 언제 어떻게 될지 모르는 위험한 거라면서요?"

윤미순이 버럭거렸다.

"죄, 죄송합니다. 하지만 아무리 그렇다 해도 어떻게 우리 병원 교수를 상대로 소송을 제기할 수 있습니까? 게다가 장 교수는 장인어른 주치의 아닙니까?"

조병천 원장이 난감한 듯 땀을 삐질삐질 흘렸다.

"그 사람이 아빠 주치의지, 내 주치의예요? 당장 황 변호사한테 연락해서 준비토록 하세요."

전혀 뜻을 굽힐 생각이 없는 윤미순이었다.

"아, 아니. 아무리 그래도 장인어른께 허락은 받아야……."

"또또또! 한 번만 더 해 봐요? 내가 다른 건 몰라도 의료사고는 용납할 수 없어요. 아무리 아빠 주치의에 우리 병원 교수라고 해도, 예외는 없습니다."

윤미순이 표독스럽게 조병천을 노려봤다.

물론 예외는 있다. 윤미순 입장에서도 자기 부친의 주치의이자 연희병원에 상당한 지분을 가지고 있는 장 교수를 소송할 생각은 추호도 없었다.

그의 의지는 이번 기회에 본보기를 보여, 자신의 위치를 교수들에게 각인시키려는 것.

바로 이것이 윤미순의 계획이었다.

"아, 알겠습니다."

“내 몸에 구멍을 뚫어 놓은 인간을 내가 용서해야 합니까? 그리고 솔직히 말하면 나 그 사람 나 별로야. 어릴 때 생일 선물로 맨날 인형만 들고 왔어요. 그것도 내가 제일 싫어하는 걸로.”

윤미순이 입술을 씰룩거리며 퉁명스럽게 쏘아붙였다.

“네, 준비하겠습니다.”

“노파심에 당부하지만, 내가 신경 쓰지 않도록 철저하게 준비해 놓도록 해요.”

“알겠습니다.”

“그리고 김윤찬 교수에 대해서 좀 정확히 알아봐 줘요. 정말 우리 사람으로 쓸 만한가.”

“네? 김 교수를요?”

“네, 생각했던 것보다 맘에 드는 면이 많아. 아무래도 그 사람한테 모험을 한번 걸어 보고 싶어졌어요.”

“무슨 소린지 도통 모르겠네요. 김윤찬이 그렇게 대단한 인물인가요? 전 그냥 그 인간 보면 영 개운치가 않아서…….”

조병천 원장이 고개를 갸웃거렸다.

“후우, 내가 그날 당신이랑 술을 마시지 말았어야 했어……. 아주 술이 웬수지, 웬수! 이런 인간인 줄 알았으면……. 아니다, 전부 내 업보지. 업보!”

윤미순이 땅이 꺼져라 한숨을 내쉬었다.

"헤헤헤. 새삼스럽게 옛날이야기는 왜 꺼내십니까. 그날 우리 윤진이가 만들어진 날인데."

어이없게 조병천 원장이 몸을 배배 꼬기 시작했다.

"됐고요! 김윤찬 교수 집에 숟가락, 젓가락이 몇 개인지 전부 알아봐 줘요. 나 김 교수한테 관심 많으니까!"

윤미순이 허탈한 듯 말없이 조병천 원장을 쳐다봤다.

"네? 과, 관심요? 김윤찬 교수한테요?"

"어이없네. 그 표정은 뭐죠?"

"아니, 당신이 김 교수한테 관심이 있다고 하길래, 좀 당황스러워서요."

진짜로 조병천 원장의 얼굴에 당황한 기색이 역력했다.

"그 관심이 그 관심이에요? 당신 정말 계속 이렇게 실망스럽게 굴래요?"

"죄, 죄송합니다."

고개를 떨구는 조병천 원장.

"앞으로 내가 하는 말, 멋대로 해석하지 말고 머릿속 깊숙이 잘 새겨들어요."

"네."

"김윤찬 교수가 내 사냥개로 쓸 만한 인간인지 아닌지를 판단하려는 것뿐이에요."

"아! 네. 알겠습니다."

"김윤찬 그 인간, 보통은 넘는 인간이에요. 진료실 문을 열고 들어가니 투멘 퍼퓸 디퓨저 향이 은은하게 나더군요. 사람의 몸에 뿌려도 향긋한 향 때문에 매력을 느끼게 된다는 투맨투 투멘의 역작이죠. 물론, 여성들이 가장 선호하는 향 중 하나예요."

"아……."

"게다가 진료대에 흰색 시트를 깔아 놓고, 환자가 바뀔 때마다 갈아 주더군요."

"어쩐지! 청소 아주머니들이 갑자기 세탁물이 많아졌다고 난리를 치더니만, 그 이유 때문이었네요??"

"쫌! 쫌! 내 말에 끼어들지 말라고 했잖아요?"

"네네, 죄송합니다. 다신 안 그러겠습니다."

"제발 좀, 죄송 좀 그만해요! 남편분!"

"아이고, 죄송합니다!"

"어휴, 내가 말을 말아야지. 잘 들어요! 그건 여자들이 청결에 엄청 민감하다는 걸 잘 알고 있다는 방증이에요. 그 정도로 신경을 쓸 정도면 분명 쓸 만한 인간임이 틀림없죠."

윤미순이 상기된 표정으로 흘러내린 앞머리를 쓸어 올렸다.

"우연의 일치 아닐까요?"

"아뇨. 본능적으로 비즈니스 감각을 타고난 사람이에요."

"음, 당신이 김윤찬 교수를 너무 과대평가하는 거 아니에요?"

"과대평가요? 과대평가한 건 당신 하나로 족해요. 아무튼, 이제부턴 아버지를 대신해서 내가 병원 경영에 직접적으로 참여할 생각이니까, 당신도 정신 바짝 차리는 게 좋을 거예요."

"네? 그러면 병원으로 들어오시는 건가요?"

조병천 원장의 입장에선 마른하늘에 날벼락이 떨어진 기분이었으리라.

"네, 내키지 않아요?"

"아뇨, 아뇨. 그게 아니라 몸도 안 좋으신데 괜히 골치 아픈 일로 고생할까 봐 그게 걱정이죠. 게다가 당신이 병원에 오시면 제가……."

"걱정 말아요. 가뜩이나 존재감 없는 당신인데, 내가 움직이면 사람들한테 제대로 대우나 받겠어요? 특별히 변화를 주진 않을 거지만, 이제부터 병원 내에서 벌어지는 모든 걸 저한테 보고해 줘요."

"전부 다요?"

"네. 전부 다, 주삿바늘 하나 솜뭉치 하나 들어오고 나간 게 있으면 빠짐없이 보고해요."

"후우, 네."

조병천 원장이 답답한 듯 한숨을 내쉬었다,

"왜요? 힘들어요?"

"아뇨, 아뇨. 그럴 리가요. 알겠습니다. 하나도 빠짐없이 보고 올리겠습니다.”

“네. 대신 원장단 모임이나 당신 동기 모임 가는 건 허락해 드릴게요. 사람들 만나서 잘 살펴봐요. 뭘 잘하고 있고, 뭘 못 하고 있는지.”

“정말요?”

금세 표정을 바꾸는 조병천 원장. 해맑은 표정이 장난감을 선물받은 어린아이의 그것이었다.

“네, 이제 당신도 안목을 좀 넓힐 생각을 해 봐요.”

“네, 알겠습니다!”

비록 윤미순이 나섬으로써 골머리를 썩게 되긴 했지만, 맘 놓고 원장단 모임에 참석할 수 있도록 허락을 받은 것만으로도 놀기 좋아하는 조병천 원장의 입장에선 개이득이었다.

“알았어요. 바쁠 텐데 나가서 일 보세요. 난 괜찮으니까.”

“네네. 결재할 게 몇 개 있는데, 마무리되는 대로 다시 오겠습니다.”

“그래요. 나가 보세요.”

“네, 아……. 그나저나 김윤찬 교수가 당신이 제 아내인 걸 알던데요?”

조병천 원장이 밖으로 나가려다 발걸음을 멈춰 세웠다.

“네? 그게 무슨 말도 안 되는 소리죠? 김윤찬 교수가 내 존재를 어떻게 알 수 있다는 거죠?”

“헐, 당신이 김윤찬 교수한테 말한 거 아니에요? 난 그런 줄 알았는데?"

"내가요? 미쳤어요?"

윤미순이 어이없다는 듯이 손가락으로 자신을 가리켰다.

그날 저녁, 윤미순 병실.

"사모님, 컨디션은 좀 어떠십니까?"

사모님? 요즘은 환자한테 사모님이라고 부르나?

"후후, 덕분에 많이 좋아졌어요."

윤미순이 한쪽 입꼬리를 말아 올렸다.

"네. 일단 항생제 투여했으니 경과를 좀 지켜보도록 하죠."

"그러죠."

"당분간 금식이라 불편하시겠지만 조금만 참아 주세요. 최대한 빨리 회복될 수 있도록 최선을 다하겠습니다."

"그렇게 할게요."

"장천공 외에도 약간의 부정맥 증세가 있으셔서, 오늘은 제가 하루 종일 병원에 있을 예정입니다. 조금이라도 불편한 데가 있으시면 언제든지 연락 주십시오."

"친절하시네요."

"뭐, 원장님 사모님께 이 정도 노력은 해야 점수 좀 따는 거 아닙니까?"

"원장 사모? 호호호, 그렇지 않아도 여쭤보려 했어요. 그걸 어떻게 알았죠?"

진심으로 궁금한 듯 윤미순이 물었다.

"아, 사모님이 맞긴 맞는가 보군요? 대강 감만 잡아 본 건데."

김윤찬이 모른 척 시치미를 뗐다.

"호호호, 내가 지금 김윤찬 교수의 수법에 너무 쉽게 넘어간 건가요? 예전에 비해 영리해지셨네요?"

확실히 예전에 비해 웃음이 많아진 윤미순이었다.

"에이, 그럴 리가요. 머리 좋아 의대 간 사람이 그 정도 눈치가 없어서 어떡합니까?"

"그래요. 그 자신감! 보기 좋네요. 그나저나 얼른 말해 봐요. 내 정체를 어떻게 눈치챘는지."

"아, 그게 궁금하셨군요? 원장님 덕분에 알았다고 해야 하나? 별거 아니에요."

"그래요? 그 별거 아닌 게 엄청 궁금하네요? 나한테 말해 줄 수 있어요?"

"뭐……. 어려울 건 없는데, 원장님한테 비밀로 해 주시면 말씀드릴 순 있을 것 같긴 하네요."

"비밀요? 그렇게 말씀하시니까 더 궁금해지네요? 알았어요. 비밀 지켜 드릴 테니 말씀해 보세요."

궁금한 듯 윤미순이 자리에서 일어나 앉았다.

"반지, 반지를 보고 알았습니다."

"반지? 이 반지를 말하는 거예요?"

윤미순이 손가락을 가리켰다.

"네, 그렇습니다."

"이 반지가 왜요?"

"주얼리 디자이너 엘리너의 명작이죠."

"후후후, 보석에 조예가 깊으신가 보군요? 아는 사람이 별로 없는데."

"조예가 깊다기보단 디자이너 엘리너가 워낙 유명한 사람이니까요."

"맞아요. 한정 수량으로 나온 명품이죠. 눈물방울이 맺혀 있는 것 같다고 해서 '티얼스 오브 하데스'라고 부른답니다."

"그걸 왜 티얼스 오브 '하데스'라는 이름으로 부르는지 아십니까?"

"방금 말씀드린 것 같은데?"

"그거야 세간에 알려진 거고요."

"그래요? 다른 뜻이 있습니까?"

"그렇습니다. 엘리너의 실력이 워낙 뛰어나서 하데스도 그녀의 반지를 끼고 싶어 찾아갔는데, 너무 예의가 없어서 그냥 돌려보냈다더군요."

"그래서 죽음의 신 하데스가 눈물을 흘렸다는 겁니까?"

"네, 그렇다고 하더군요. 그게 아마도 오르페우스의 리라 연주를 듣고 감동의 눈물을 흘렸던 하데스의 두 번째 눈물이라는 후문이에요."

김윤찬이 손으로 입을 가리고 속삭이듯 말했다.

"깔깔깔, 재밌네요. 재밌어. 그나저나 이 반지로 어떻게 조병천 원장이 내 남편인 걸 알았죠?"

"뭐, 특별한 건 없습니다. 엘리너의 결혼반지는 항상 짝을 이루는 법이니까."

"오! 남편이 이 반지를 끼고 있는 걸 보셨군요?"

"네. 지난번에 외출하실 때, 그 반지를 빼놓으시고 가시더군요."

"뭐, 뭐라고요?"

김윤찬의 말에 얼굴색이 변해 버린 윤미순이었다.

어떡하지? 당분간 헛짓거리는 못 할 것 같은데, 조병천 원장?

당분간은 병원 일에 집중 좀 하라는 의미야. 너무 섭섭하게 생각하진 말아 줘.

"네. 이유는 저도 잘 모르겠지만 남자가 결혼반지를 뺄 때는 그만한 이유가 있지 않을까요?"

김윤찬이 힐끗거리며 윤미순의 눈치를 살폈다.

"그, 그래요?"

윤미순의 얼굴이 붉으락푸르락거렸다.

"네, 제가 몇 번 본 것 같습니다. 사모님, 비밀은 꼭 지켜 주시는 겁니다."

"무, 물론이에요."

"그러면 푹 쉬십시오. 독한 항생제를 써서 몸이 쳐지는 느낌을 받으실 텐데, 크게 문제는 없으니 쉬시면 좋아지실 겁니다."

"그래요. 김 교수도 좀 쉬어요."

"아뇨. 어떻게 환자를 두고 제가 쉬겠습니까? 대기하고 있을 테니까, 불편한 데가 있으시면 언제든지 콜하십시오."

"알았어요, 고마워요."

잠시 후.

띠띠띠띠.

김윤찬이 나가자마자 윤미순이 핸드폰을 꺼내 들고 전화를 걸었다.

"나예요."

–여보, 왜요? 어디 안 좋아요?

"조병천! 너 당장 여기로 와!"

윤미순의 앙칼진 목소리가 수화기를 뚫고 나오는 듯했다.

2주일 후, 윤미순의 서재.

김윤찬의 극진한(?) 치료를 받은 윤미순. 며칠 만에 상태가 호전돼 퇴원할 수 있었다.

똑똑똑.

"여보, 저 들어……가도…… 돼요?"

윤미순이 자신의 서재에서 책을 읽고 있는 사이, 조병천 원장이 노크를 했다.

"들어와요."

"네."

"밤이 늦었는데 안 주무세요?"

조병천이 별무늬 잠옷 차림으로 홍차와 쿠키를 들고 안으로 들어왔다.

"먼저 자요. 전 이거 좀 마저 보고요."

윤미순이 보고 있던 책을 가리켰다.

"그러면 이거라도 좀 들어 가면서……."

조병천이 조심스럽게 다과를 윤미순의 책상 위에 올려놓았다.

"잘 시간에 무슨 다과예요?"

"그냥, 당신이 좋아하는 스리랑카 우바 홍차가 들어와서요. 한번 드셔 보시라고."

조병천이 몸을 배배 꼬며 아양을 떨었다.

"알았으니까 방해하지 말고 나가 봐요."

"그, 그게 여보……."

"뭐요?"

"저, 진짜 앞으로 절대, 다시는 그런 실수 하지 않을 테니까 한 번만 봐줘요? 네?"

조병천이 최대한 불쌍한 표정을 지었다.

"왜요? 그깟 반지 아예 갖다 팔아 버리시지? 그거 팔면 당분간 당신 마시고 싶은 술 실컷 마시고도 남을 텐데?"

"아뇨! 절대로, 절대로 그런 일은 없을 테니까, 제발 카드 좀 살려 줘요. 그걸 막아 버리시면 난 어떡해요?"

조병천이 볼멘소리를 내며 읍소했다.

"음……. 병천이 너, 한 번만 그거 빼고 다니면 그때는 내 손에 죽는 거야?"

"물론이죠. 내가 잠시 머리가 헤까닥한 것 같아요. 맹세코 다신 그런 일 없도록 할게요. 제발!"

"흠, 알았어요. 내일 카드 살려 놓을게요."

"정말요? 고마워요! 여보!"

당장이라도 톡 건드리면 터질 것 같은 조병천의 눈망울이었다.

"알았으니까 나가 봐요. 책 읽는 거 방해하지 말고."

"네네. 아! 내 정신 좀 봐. 당신한테 상의드릴 게 하나 있었는데?"

조병천이 쟁반을 들고 나가려다 발걸음을 돌려 의자에 앉았다.

"무슨 일인데요?"

"음, 이건 좀 심오한 얘긴데, 정형외과 나재수 교수 말이에요."

"나재수 교수가 왜요?"

"요즘 이상한 소문이 나돌더라고요?"

"무슨 소문요?"

"제가 얼핏 간호사들이 수군대는 소릴 들었는데, 아무래도 나재수가 바람을 피우는 것 같던데……요? 내연녀가 있다는 소문도 들리고 그러네요?"

"그래서요?"

윤미순이 아무렇지 않은 듯 되물었다.

"그래서라뇨? 그 소문이 만약 사실이라면 문제가 있는 것 아닙니까? 의사로서 품위를 지켜야지, 불륜이 말이 된답디까?"

"그래서요?"

"아니, 그게 사실이라면 사람들이 우리 병원을 뭐로 보겠습니까? 망신도 그런 망신이 없는……."

"나재수 교수가 부러워서 그러는 겁니까?"

"아, 아뇨? 무슨 그런 말도 안 되는 말씀을? 그게 아니라 병원 이미지 때문에 그렇죠."

조병천이 연신 손을 내저었다.

"그런 건 배부른 서운대 병원이나 걱정하는 거고, 당신은

그따위 별거 아닌 일에 신경 쓰지 말아요. 나재수 교수, 환자들한테 인기 많잖아요? 돈 잘 벌고 있는데, 그게 무슨 상관이람?"

윤미순이 대수롭지 않다는 듯이 콧방귀를 뀌었다.

"아니, 어떻게 그런 소문을 듣고 그냥 놔둘……."

"야, 그냥 놔두라면 그냥 놔둬. 돈 잘 벌고 있는 애를 왜 못 잡아먹어서 안달이야? 바람을 피우든 말든 그게 무슨 상관이에요?"

"아, 네. 죄송합니다."

조병천이 무안한 듯 얼굴을 붉혔다.

"내 말 잘 들어요. 나재수가 바람을 피우든, 혼외자식을 낳든 그런 건 중요하지 않아요. 나한테 중요한 건, 오직 돈을 벌어다 주느냐 못 벌어다 주느냐라는 걸 명심하도록 해요."

"아, 네. 알겠습니다."

"나재수 그 인간, 아직까진 제법 충실한 사냥개니까 그냥 놔둬요. 자기 얼굴에 똥칠하든 말든."

"네, 알겠습니다."

"껌은 원래 단물 빠지면 뱉는 게 인지상정이니까."

"아……. 알겠습니다."

"그건 그렇고, 말이 나온 김에 말씀드리는 건데, 김정국하고 김정환이 하는 일이 겹치는 것 같아서, 아무래도 조정을 해야 할 것 같은데 어떻게 생각해요?"

김정국과 김정환은 재무관리팀 직원이었다.

“아, 한 명을 내보내시게요?”

“네. 아무래도 앞으로 투자할 데도 많은데 불필요한 고정 비용은 줄이는 게 맞는 것 같아서요.”

“네네, 저도 좋은 생각이라고 생각합니다. 그러면 잘라야 할 사람은 당연히…….”

“아니! 섣불리 판단하지 말아요.”

윤미순이 냉정하게 조병천의 말허리를 잘라 버렸다.

“에이, 이건 뭐. 장고가 필요 없어요. 일하는 걸 보나 성실도를 보나 김정…….”

“제가 하지 말라면 하지 말라고욧!”

윤미순의 벌게진 얼굴로 소리를 질렀다.

“아, 알았습니다. 윤 이사와 다시 한번 상의해 보겠습니다.”

“덕환이랑요?”

“네. 그쪽 일은 당신 사촌 처남이 전부 도맡아서 하잖습니까?”

“미쳤어요? 고양이한테 생선을 던져 놓게요? 당신, 설마 덕환이 그 새끼를 믿는 건 아니죠?”

윤미순이 표독스럽게 조병천을 노려봤다.

“아, 그게. 저도 믿지는 않지만 그래도 병원 내 위계질서가 있는 거라, 인사 쪽 담당은 덕…….”

“그 새끼, 작은아버지 아니었으면 벌써 잘랐어요. 작은아버지가 그 새끼 몸값으로 우리 병원에 투자한 게 있어서 어쩔 수 없이 데리고 있는 거예요. 그거 밑천 떨어지면 쫓아내 버릴 거니까, 그런 줄 아세요.”

“아. 네. 그런 깊은 생각이 있으셨군요.”

“내가 그 새끼가 무슨 짓을 하고 다니는지 몰라서 가만있었던 줄 아세요? 이제 조만간 그 새끼 몸값 다 채워져 갑니다. 그때 되면 작은아버지도 군소리 못 하겠죠. 어디 감히 내 앞에서 장난질이야? 장난질이.”

윤미순이 어금니를 악다물었다.

“……”

그 모습에 조병천은 주눅 든 표정으로 움츠러들 뿐이었다.

“아무튼, 당신은 모른 척하고 있도록 하고. 아, 그리고 하나 더 있어요. 다음 주말 모임에 김윤찬 교수를 데리고 나갈까 해요.”

“진짜 데리고 가시게요? 전 그냥 해 본 소리인 줄…….”

깜짝 놀란 조병천이 눈을 깜박였다.

“아니, 내가 그냥 흰소리하는 거 봤어요? 이번에 제대로 테스트를 해 볼 생각이에요.”

“하아, 그게 되겠습니까? 만만한 사람들이 아닌데.”

걱정스러운 표정의 조병천 원장.

“그거야 김윤찬 교수가 알아서 하는 거죠. 아무튼 격식 있는 자리라 의상에 신경을 써야 하는데, 김윤찬 교수 꼬라지가……. 음, 아무래도 안 되겠어요. 카드 줄 테니까 당신이 김윤찬 교수 슈트 한 벌 맞춰 줘요. 모양 빠지지 않게."

"네, 알겠습니다."

조병천이 못마땅한 듯 입술을 삐죽거렸다.

다음 날, 원장실.

조병천 원장이 김윤찬을 자신의 집무실에 불러 클럽 자스민에 관한 내용을 설명했다.

"지난번에 얘기했던 불우 이웃 돕기 바자회 있죠?"

"아, 네. 그 자스민 모임이라는."

"그래요. 마침내 김윤찬 교수가 본격적으로 상류사회로 진출할 수 있는 기회가 열렸어요. 아주 운 좋은 사람이야, 김윤찬 교수?"

조병천 원장이 김윤찬을 향해 검지를 흔들어 댔다.

"네. 제가 가도 될 곳인지 몰라 걱정이 앞서는군요."

"김 교수, 거기 솔직히 나도 못 가는 곳이야. 아내가 무슨 생각으로 당신을 데리고 간다고 하는지 모르겠지만, 가서 처신 잘해. 우리 이사장님 얼굴에 먹칠하지 말고."

연희병원의 실질적인 권력을 쥐고 있는 그녀. 형식적으론

윤미순의 아버지가 이사장으로 행세는 하고 있지만, 실질적인 연희병원의 컨트롤 타워는 윤미순이었다.

"네, 최선을 다하겠습니다."

"흠흠, 하여간 경거망동하지 말고 조용히, 조용히 밥이나 먹고 오도록 하고……. 그리고 행색이 그게 뭐야? 아무리 쪼들려도 옷 한 벌은 제대로 갖춰 입어야지."

끌끌끌, 조병천 원장이 한심하다는 듯이 혀를 찼다.

"왜요? 한 벌 사 주시게요?"

"그래. 이사장님이 당신하고 다니기에 부족한 행색이라고, 하나 사 주라고 하더군. 여기 이 카드로……."

"아뇨, 괜찮습니다. 이사장님께 전해 주십시오. 마음만 받겠다고."

"이봐, 지금 괜한 존심 부릴 것 없어. 월급 빤한데 당신이 무슨 수로 명품을 사? 그냥 괜한 똥고집 부리지 말고 백화점 명품관에 가서 하나 해 입어. 한 5백 정도면 그렇게 빠지진 않을 거야."

"괜찮다니까요? 제가 알아서 하겠습니다."

김윤찬이 조병천이 내밀던 카드를 애써 물리쳤다.

"하아, 매번 당신은 대체 뭘 믿고 이러는 거야?"

"그냥요. 굳이 그럴 필요가 없을 것 같아서요. 나중에 필요하면 말씀드리겠습니다."

"뭐야? 나중은 없어!"

"그러면 말고요."

'시팔, 뭐 저런 게 다 있어? 마누라한테는 또 뭐라고 보고 하냐?'

김윤찬이 밖으로 나가자 조병천 원장이 신경질적으로 뒷머리를 긁적거렸다.

잠시 후, 핸드폰을 꺼내 어디론가 전화를 거는 김윤찬.

띠띠띠띠.

—누구쇼?

한참이 지나서야 걸걸한 목소리의 한 남자가 전화를 받았다.

"안녕하십니까? 한중석 명장님!"

—……

아무 말이 없는 상대.

"명장님? 듣고 계십니까?"

—……당신, 어떻게 알았소?

"아, 한중석 명장님 모르는 사람이 어디 있겠습니까?"

—아니, 그게 아니라 이 번호 말이오.

"아, 그거요."

—빨리 말해 보시오. 이 번호를 어떻게 알았냐니깐.

"돌아가신 강경파 회장님께서 살아생전에 알려 주셨습니다."

–뭐라고?? 회장님이 알려 줬다고?

"그렇습……"

–개소리하고 있네. 끊어!

뚝, 한중석 명장이 냉정하게 전화를 끊어 버렸다.

–고객이 전화를 받지 않아 소리샘으로…….

김윤찬이 반복해 전화를 걸어 봤지만, 한중석의 전화는 꺼져 있었다.

'하여간 듣던 대로 고집불통이시군!'

김윤찬이 핸드폰을 물끄러미 바라보며 피식거렸다.

"여기라고 했던 것 같은데?"

김윤찬이 주변을 훑으며 혼잣말을 내뱉었다.

서울 외곽 변두리, 정석동 13번지 '삼양라사'라는 허름한 간판이 달린 이곳.

비록 가게는 볼품없으나 아주 특별한 곳이었다.

대한민국에서 내로라하는 유명 인사들은 모두 이곳에서 옷을 해 입었으니까.

여기가 바로 대한민국 최고의 양복장이 한중석 명장의 가게다.

딩동, 김윤찬이 덜컹거리는 미닫이문을 열고 안으로 들어가자 벨 소리가 울렸다.

"어떻게 오셨습니까?"

30대 중반의 한 남자가 김윤찬에게 다가왔다.

"양복 한 벌 맞추러 왔습니다."

"아……. 그러십니까? 죄송하지만 저희는 예약제로 운영되는 곳이라 일반 손님은 받지 않습니다."

"네, 압니다. 하지만 어떻게 합니까? 예약이 돼야 예약을 하죠. 그래서 어쩔 수 없이 이렇게 찾아왔습니다."

"사정은 잘 알겠으나, 죄송합니다. 저의 가게의 방침이라 어쩔 수 없습니다. 돌아가 주십시오."

"이왕 이렇게 온 거 명장님이라도 한번 뵙고 가겠습니다. 안에 안 계신가 보죠?"

"소용없으십니다. 돌아가시죠, 괜히 불벼락 맞지 마시고요."

"여기까지 왔는데 그냥 돌아갈 순 없죠. 잠시만 뵙고 가겠습니다."

김윤찬이 의자를 당겨 와 자리에 앉았다.

"여기서 이러시면 안 됩니다. 이런다고 해결될 일이 아니에요. 명장님은 오늘 가게에 나오시지 않아요."

"뭐, 그러면 내일은 나오시겠죠. 기다리겠습니다."

"하아, 고집 피우실 일이 아닌데……."

딩동, 그 순간 문을 열고 들어오는 중년의 남자.

깡마른 체구, 작달막한 키에 꼬장꼬장해 보이는 외모.

유난히 짙은 눈썹에 매서운 눈매가 보통은 넘어 보이는 남자였다.

그는 바로 한중석 명장이었다.

"어르신, 나오셨습니까?"

한중석이 들어오자 남자가 달려가 깍듯하게 인사했다.

"뭐기야?"

김윤찬을 힐끗거리는 남자. 특유의 짙은 눈썹이 꿈틀거렸다.

"양복을 맞추러 오셨다는 분인데, 제가 아무리 설명을 드려도 말을 듣지 않네요? 어르신을 뵙고 가겠다고……."

"내보내라."

한중석이 김윤찬에게 눈길 한번 주지 않고 자신의 작업실로 들어가려 했다.

"명장님, 김윤찬이라고 합니다. 조금 전에 전화드렸던……."

그러자 김윤찬이 달려가 그의 앞길을 막았다.

"……내보내라."

여전히 김윤찬을 본체만체하는 한중석 명장이었다.

이 사람아!

강경파 회장과 절친이시라는 것 잘 압니다. 이 번호로 전화했으면 대충 눈치채셔야죠.

"강경파 회장님이 알려 주신 전화번호라고 하지 않았습니까?"

김윤찬이 가지고 있는 전화번호 010-4356-800X!

이 번호는 죽은 강경파와 그의 절친, 한중석만이 알고 있는 번호였다.

"당신 대체 어디서 무슨 말을 들었는지 모르겠지만, 한 번만 그 이름 입에 올리면……."

"그러게요. 두 분이 정말 절친이셨나 보군요. 돌아가신 지 꽤 오랜 시간이 흘렀는데, 그 번호를 쓰고 계신 걸 보면."

"뭐라고?"

한중석이 멈칫거리며 마침내 김윤찬에게 시선을 돌렸다.

"어디서 개떡 같은 소리를 듣고 온 모양인데, 당장 돌아가시오. 일 없으니까."

"제가 계속 말씀드리지 않았습니까? 돌아가신 강경파 회장님과 아주 가까운 사이라고."

"뭐야? 당신이 강 회장의 아들이라도 된다는 기야?"

허허허, 이 여우 같은 늙은이 하는 짓 보소?

"그럴 리가요. 대한민국에 핏줄 하나 없는 사고무친이신 분인데."

"당신 정말 뉘기야?"

이쯤 되면 김윤찬의 존재가 조금은 궁금했으리라.

"제가 몇 번을 말씀드렸습니까? 강경파 회장님을 잘 아는

사람이라고. 그러지 마시고 저랑 바둑이나 한 수 하시죠?"

"뭐라? 바둑?"

"네, 바둑요. 강경파 회장님이 살아생전에 명장님께 옷 한 벌 해 입으려면 다 필요 없고 바둑이나 한 수 두자고 하면 될 거라 하셨습니다."

"강 회장이?"

확실히 놀란 눈치다.

김윤찬이 한 말은 본인과 친분이 없는 일반인이 할 수 있는 말은 분명 아니었다.

"그렇습니다. 제대로 한 판 두고 나면 그 아무나 입을 수 없다는 명장님의 슈트를 공짜로 얻어 입을 수도 있다고도 하셨습니다."

"정말, 강 회장이 당신한테 그런 말을 했다고?"

"네, 그렇게 말씀하셨습니다. 외람된 말씀이지만 명장님 별명이 바둑 성애자라고."

지석 형님이 그랬거든? 그 별명도 강 회장님이 지어 준 별명이라고요. 이쯤 했으면 엔간하면 그냥 좀 믿으시죠?

"하아, 이거 미치겠군."

"몇 번을 말씀드립니까? 명장님만큼은 아니지만, 저 역시 강 회장님과 꽤 친분이 있습니다."

"진짜, 당신 바둑 좀 두나?"

바둑이라면 자다가도 벌떡 일어날 만큼 자신이 바둑광이

라는 것까지 알고 있는 김윤찬이었다.

이쯤 되면 김윤찬의 말이 괜한 뻥카가 아니란 건 확실해졌다.

"네, 조금요."

"그냥 조금 둬선 안 될 텐데?"

알죠!

당신이 재야의 고수라는 걸. 하지만 그건 어디까지나 탑골공원에서나 통하는 거고.

"걱정 마십시오. 명장님과 대국 한 수 하기에 송구스러운 실력은 아닐 겁니다."

"그래요? 좋습니다. 일단 안으로 들어갑시다. 양군아, 바둑판 좀 내실로 가져온나."

"네, 어르신."

잠시 후, 내실.

"성함이 김윤찬이라고 하셨습니까?"

"그렇습니다."

"음, 좋습니다. 그럼 한 수 해 봅시다. 김 선생!"

"네, 명장님. 한 수 부탁드리겠습니다."

그렇게 해서 김윤찬과 한중석의 대국이 시작되었다.

이쯤 되면 일단 절반은 성공인가.

후후후, 아주 오늘 약이 바짝바짝 오르게 만들어 드리겠습니다, 명장님!

김윤찬이 입가에 야릇한 미소를 띠었다.

예닐곱 시간은 지났을까?

김윤찬이 오전에 이곳에 왔는데, 어느새 석양이 물들고 있었다.

잘 익은 토마토처럼 붉어진 한중석의 표정, 반면에 김윤찬의 표정은 한결 여유로웠다.

두 사람의 표정으로 판단컨대, 오늘 대국의 승자는 누가 봐도 구분하기 어렵지 않았으리라.

"어르신. 어떻게, 한 판 더 두시겠습니까?"

내리 4연패.

그것도 죄다 한 집 반 차, 김윤찬의 승리였다.

"허허, 아니오. 그만하겠소. 이거 나를 마치 동네 불한당이 부녀자 희롱하듯 하는구먼. 아주 기분이 더러워."

한중석이 붉게 달아오른 뺨을 식히려는 듯, 냉장고에서 얼음 팩을 꺼내 얼굴을 문질렀다.

"죄송합니다. 제가 예의에 어긋났다면 용서하십시오."

"괜찮습니다. 오랜만에 느껴 보는 굴욕감이 뭐, 그렇게 나쁘진 않더이다. 아생연후살타(我生然後殺他)! 역시나 그게 패착이었어.”

한중석 명장이 입술을 질끈 깨물었다.

“찰나의 실수셨습니다. 명장님의 악수는 더욱더 아니었고요.”

“그러게 말이오. 그 경파도 항상 그랬지. 상대의 실수를 절대로 용납하지 않았어. 저 초원의 늑대처럼 말이야.”

확실히 강경파는 초원의 제왕인 사자보단 늑대에 가까운 사람이었다.

“네, 그러셨군요.”

“그나저나 김 선생 행마가 경파를 닮아도 너무 닮았어. 몰아칠 땐 숨도 못 쉬도록 집요하게 물고 늘어졌지.”

“그랬습니까?”

“그래요. 가볍고 경쾌하지만 경박스럽지 않고, 냉정하고 잔인했지만 인간미가 넘친다고나 할까? 아무튼 많이 닮았어, 정말! 오늘따라 경파 그 인간이 무척이나 보고 싶구먼.”

한중석 명장이 물끄러미 바둑판을 내려다보았다.

“강 회장님도 땜빵 선생님을 그리워하실 겁니다.”

“뭐라고? 땜빵?”

껄껄껄, 한중석이 어이없다는 듯이 웃었다. 이 정도면 한중석이 가지고 있던 한 줌의 의심도 말끔하게 지워졌으리라.

“네, 선생님 별호가 땜빵라고 하셨습니다.”

“하하하, 돌아 버리겠군. 정말 경파가 그랬다고?”

"네. 그렇습니다. 외람되지만 어릴 때 전쟁놀이하다 돌멩이에 맞으셔서 구멍이 생기셨다고………."

"하여간 그 인간도 참! 별소리를 다 했구먼. 민망하게."

한중석이 해맑게 웃으며 뒷머리를 긁적거렸다.

"죄송합니다."

"아닙니다. 아니에요. 그러고 보니, 김 선생 눈빛이 경파랑 많이 닮았어요. 혹시 내가 모르는 혈육이시던가? 내가 알기론 분명히 사고무친인데."

한중석이 김윤찬의 눈빛을 유심히 살폈다.

"아닙니다. 강 회장님은 우연히 알게 된 분이십니다. 그나저나 강 회장님은 제게 은인 같은 존재시니 명장님도 그와 같습니다. 그러니 편히 말 놓으십시오."

"유들유들한 성격도 그대로 판박이야. 그래요, 그럽시다. 이 정도면 내가 안 믿으려야 안 믿을 수가 없지. 그래, 양복을 해 입으시겠다고?"

"그렇습니다. 감히 명장님께 옷을 해 입을 자격이 될지는 모르겠지만 부탁드립니다."

"후후후, 날 땜빵이라고 부른 사람은 경파를 제외하고 자네가 처음일세. 그만하면 내가 옷 한 벌 지어 줄 가치는 충분하지."

"아닙니다. 명장님의 작품을 어떻게 그냥 얻어 입을 수 있겠습니까? 보수는 충분히……."

"됐네. 이 나이에 내가 무슨 부귀영화를 누린다고 재물을 탐하겠나. 가끔, 아주 가끔 와서 오늘처럼 바둑이나 한 수 함세. 그걸로 충분허이."

"당연하죠. 자주 찾아뵙겠습니다. 그나저나 제게 명장님의 작품을 허락해 주셔서 감사합니다. 소중히 입겠습니다."

"뭐, 그거야 자네가 알아서 하는 거고. 그러면 어디 치수부터 좀 재 볼까? 얼굴은 제법 쓸 만한데 말이지. 나가지."

"네, 명장님."

"양군아! 이분 수치 좀 재 보거라."

내실에서 나온 한중석이 작업실로 자리를 옮겼다.

♥

그리고 일주일 후, 윤미순의 차 안.

김윤찬이 윤미순과 함께 '자스민' 모임이 있는 크리스털 호텔로 향했다.

"김 선생, 그 옷은 뭐예요?"

그녀 역시 삼양라사 한중석의 옷을 모를 리 없었다.

"왜요? 저한테 어울리지 않습니까?"

"아니, 아니. 그게 아니라 설마 이 옷을 우리 원장님이 해준 겁니까?"

"아뇨, 그럴 리가요."

"당연하죠. 지금 김 교수가 입고 있는 옷은 아무나 입을 수 있는 게 아닌 걸로 알아요."

"뭐, 그렇다고 하더군요."

"그러니까 묻잖아요."

"아, 하찮은 교수 주제에 어떻게 한중석 명장의 옷을 입을 수 있냐는 겁니까?"

"네."

어이없게도 아니라는 소리를 하지 않는 윤미순이었다.

"크크크, 역시 사모님은 장난 없으시네요."

"됐고! 조 원장도 그 집에서 옷 한 벌 해 입으려고 그 난리를 쳤는데도 문전박대당했는데, 당신이 어떻게 이 옷을 입고 있냐고요."

"글쎄요. 어떻게 입고 있느냐가 중요합니까? 제가 지금 한중석 명장님의 옷을 입고 있다는 게 중요한 거죠."

"하여간 김 교수는 참 독특한 인간이야. 내가 엔간하면 사람 파악하는 데 시간 오래 안 걸리거든? 근데 당신은 모르겠어, 정말!"

"그거야 차차 알아 가시죠."

"호호호, 그래요. 나도 요즘 김 교수한테 관심이 생기기 시작했으니까."

"감사합니다."

"그건 그렇게 하기로 하고, 오늘 모임에 나오는 사람들은 대한민국을 좌지우지하는 최고의 셀럽들입니다. 각별히 신경 쓰도록 해요."

"네, 그렇게 하겠습니다."

그렇게 1시간여를 차로 달려 도착한 곳, 위너스 클럽의 저녁 만찬이 있는 오성급 호텔 크리스털이었다.

얼마나 대단한 사람들이 모여 있는지 구경이나 해 볼까?

차에서 내린 김윤찬이 손으로 햇빛을 가린 채, 높다랗게 솟아오른 호텔 건물을 올려다보았다.

"여보! 여기예요."

나와 윤미순이 클럽 자스민의 저녁 만찬 장소인 다이아몬드 홀 입구에 도착하니, 이미 도착해 있던 조병천이 손을 흔들며 득달같이 달려왔다.

"원장님, 쫌!"

조병천이 호들갑을 떨자, 윤미순이 못마땅하다는 듯이 눈살을 찌푸렸다.

"아, 네. 죄송합니다."

"언제 도착했어요?"

"한 30분 전에 왔어요."

"중앙지검의 장 부장은 왔어요?"

중앙지검 장 부장이라면……. 설마? 장길수 그 인간은 아니겠지?

중앙지검 장 부장이라는 말에 김윤찬의 미간이 살짝 흔들렸다.

"기다리고 있는데 아직 오지 않았습니다."

"그렇군요. 장 부장님 오면 극진히 대접해야 해요. 조금도 소홀히 하면 안 돼!"

"당연하죠! 은인이신데."

"흐음, 뭐, 줄 거 다 줬는데 그렇게까지. 아무튼, 대체 아버님 때문에 이게 무슨 개망신이에욧!"

"죄, 죄송합니다."

조병천이 잔뜩 주눅 든 표정으로 고개를 숙였다.

"어휴, 하여간 한 번만 더 이런 일이 생기면 저 다시는 아버님 안 봬요. 명심해요!"

"여부가 있겠습니까? 제가 아버지한테도 단단히 일러뒀습니다."

"아무튼 난 김윤찬 교수한테 사람들 좀 소개하고 올 테니까, 알아서 잘해요. 괜한 실수 하지 말고!"

"네! 걱정 마시고 들어가십시오. 전 여기서 장 부장님 오실 때까지 대기 타고 있겠습니다."

"절대로 실수하면 안 돼요."

"여부가 있겠습니까. 절대 그럴 리 없습니다. 그나저나 김 교수! 옷이 그게 뭐야? 어디서 이런 허접한 옷을 입고 나타나?"

조병천 원장이 김윤찬을 힐끗거리더니 핀잔을 줬다.

"원장님, 당신이나 잘하세욧!"

"네?"

"김 교수가 입고 있는 옷을 누가 디자인……. 됐고. 그 넥타이나 바로 매요. 삐뚤어졌으니까."

"아, 네."

조병천이 멀뚱멀뚱 쳐다보다가 넥타이를 고쳐 맸다.

"김 교수, 따라와요. 오늘 김 교수가 만나게 될 사람들은 대한민국을 움직이는 상위 1%에 해당되는 엄청난 사람들이니까, 두루두루 알아 두면 좋을 겁니다."

그 정도야? 죽은 잡스라도 와 있다는 거야, 뭐야?

"네, 알겠습니다."

잠시 후, 윤미순과 함께 들어간 만찬장.

수많은 인간 군상이 삼삼오오 모여 앉아 칵테일 혹은 와인을 홀짝이고 있었다.

이 사람들을 주욱 둘러보며 김윤찬이 내린 결론.

별거 없는데?

대충 몇몇은 김윤찬의 눈에 익은 사람들이었다.

"김 교수, 이쪽으로 와요. 소개해 줄 사람이 있으니까."

김윤찬이 주변을 스캔하고 있자, 윤미순이 그의 팔을 잡아

끌었다.

"네."

"대표님? 저 윤미순입니다."

"아이고, 윤 이사장님! 오셨군요?"

공식적인 연희병원 이사장은 아니지만, 모든 사람이 공공연히 윤미순을 연희병원 이사장을 인정하는 분위기였다.

"그럼요, 당연히 참석해야죠."

"당연하죠. 이번에 불우이웃을 위해 큰돈을 쾌척하셨는데, 당연히 오셔야죠. 그나저나 우리 이사장님은 점점 젊어지십니다? 누가 이사장님을 50대로 보겠습니까? 젊음을 유지하시는 비결이라도 있는 겁니까?"

입으론 웃고 있지만 눈엔 조롱기를 머금고 있는 남자. 그는 재계 순위 10위 대진 그룹의 계열사, 대진어패럴의 이주현 대표이사였다.

그는 대진 그룹 이상철 회장의 혼외자였다. 이를 알고 있는 사람은 극히 소수였으리라.

싸가지없는 새끼야. 예의를 똥구멍으로 배웠냐? 그 썩은 동태 눈깔 좀 치워 줄래?

윤미순의 눈에 차지도 않는 쓰레기 같은 인간이었지만, 대진 그룹 계열사, 대진약품과의 관계 때문에 어쩔 수 없이 예의를 갖추는 그녀였다.

"그런가요? 특별히 관리하는 건 없는데."

"하하하, 역시! 미모는 타고나는 건가 봅니다."

이주현이 여전히 그 느끼한 눈빛을 거두지 않고 있었다.

"감사합니다. 그건 그렇고 대표이사 취임을 축하드려요."

"어휴, 아닙니다. 그냥 뭐, 허울 좋은 자리에 앉았을 뿐이죠. 그나저나 뭘 또 그런 걸 보내셨습니까?"

"별거 아닙니다. '일월화'라고 향이 좋아서 산 건데 어떻게, 맘에 드는지 모르겠네요?"

윤미순은 이주현의 대표이사 취임을 기념하여 고가의 난을 선물했다.

"아, 그게 말이죠. 이상하네?"

이주현이 고개를 갸웃거렸다.

"왜요? 무슨 일이라도?"

"이걸 어쩌죠? 제가 바빠서 신경을 못 썼더니 말라 비틀어 죽어 버렸습니다. 오늘 비서 시켜서 치워 버렸거든요."

난 중의 난이라고 불릴 만큼 명화인 일월화를 말려 죽였다고? 대가리에 총 맞았니?

에라이, 이 무식한 새끼야.

도박 중독에 난봉질까지 해 대는 쌈마이 쓰레기 같은 새끼! 그러니까 네 애비, 이 회장이 대진어패럴 같은 쓰레기 계열사나 던져 주는 거야.

"음……. 그러시군요. 다음엔 신경 쓰지 않아도 잘 자라는 녀석으로 보내 드릴게요."

잘 참는다.

분명 모욕적인 언사였음에도 불구하고 윤미순은 얼굴색 하나 바꾸지 않는 침착함을 보였다.

"아, 그러시겠습니까? 그러면 사양하진 않겠습니다."

하하하, 이주현이 바지 주머니에 양손을 찔러 넣은 채 너털거렸다.

"네, 조만간 보내 드리죠. 다음에 또 뵙겠습니다."

"아, 그나저나 옆에 계신 분은 누구?"

그제야 이주현이 턱짓으로 김윤찬을 가리켰다.

"아, 제가 깜빡했네요. 소개해 드리죠. 제 애인입니다."

어라? 이건 또 무슨?

"네?"

"애인이라고요. 참 잘생겼죠?"

"네? 무슨 농담을 그렇게 하십니까?"

여전히 믿지 못하겠다는 듯이 이주현이 손을 내저었다.

"남자들만 세컨드 두라는 법 있습니까? 저도 이참에 대표이사님처럼 애인 하나 만들어 봤어요."

"하하하, 애인이라뇨? 그게 무슨 말도 안 되는 말씀입니까?"

윤미순의 도발에 이주현이 발끈했다.

"뭐, 저나 대표님이나 별반 차이는 없는 것 같은데……."

"네? 이거 너무 무례한 것 아니오?"

"그러니까 엔간히 흘리고 다니세요. 소문이 제 귀에 들어올 정도면 여기 있는 사람 중에 모르는 사람이 있겠어요? 저 같으면 쪽팔려서 여기 못 와요."

윤미순이 이주현에게 다가가 귀엣말로 속삭였다.

"아 놔! 이거……. 지금 무슨 소리를 하는 건지?"

순식간에 토마토케첩을 뿌려 놓은 듯 붉어진 이주현이 슬그머니 자리를 옮겼다.

"김 교수, 미안해요. 똥 같은 인간은 똥같이 대하는 게 국룰이라 실례 좀 했어요."

이주현이 사라지자, 윤미순이 김윤찬에게 그를 애인이라고 칭한 부분에 대해 사과했다.

"아뇨, 상관없습니다. 그나저나 저 인간은 똥만도 못한 것 같은데요? 똥이 얼마나 소중한 건데 저런 인간을 그에 비하십니까."

"김 교수도 사람 보는 안목이 있네?"

"뭐, 안목까지 필요하겠습니까? 옆에만 가도 쓰레기 냄새가 진동하는데. 그나저나 이러면 저 사람하고 사이 멀어질 텐데, 괜찮으시겠어요?"

"똥만도 못한 인간이라면서요?"

"그렇긴 하죠."

"어차피 버릴 카드였어요. 하여간 명심해요. 앞으로 저런 눈빛을 가진 인간은 멀리하면 멀리할수록 좋아요."

그러니까 내 안목을 한번 시험해 보시겠다, 이건가?

그리고 이어진 저녁 만찬. 갖가지 산해진미가 넘실댔고 쓰레기들의 수다는 끝이 없었다.

저 여자는 장윤미 이사장.

'날개'라는 불우 아동 청소년 재단을 만든 장본인. 겉보기엔 제법 튼실해 보이지만 내부는 썩을 대로 썩은 곳.

재단 법인 '날개'는 이사장 장윤미가 돈세탁을 위해 만든 조세 회피처였다.

물론 지금으로부터 약 5년 후, 법이 얼마나 무서운지 몸소 체험하게 되겠지만.

그 외에 돈이라면 악마에게 영혼이라도 팔아넘길 것 같은 법무 법인 '비상'의 고동철 대표 변호사, 분식 회계라면 타의 추종을 불허하는 천하의 개쌍놈의 새끼 최민국 회계사까지.

여긴 쓰레기장인가?

대한민국의 쓰레기란 쓰레기는 죄다 이곳에 모아 놓은 것 같았다.

이런 인간들이 대한민국을 대표하는 상위 1%라고?

후후, 지나가던 바퀴벌레가 웃겠군.

"김 교수, 앞으로 조심해야 할 사람들이에요. 명심해요. 저런 인간들은 상종도……."

그럼, 그럼. 그런 걱정은 안 해도 되셔.

"어휴, 사모님! 이 굴, 굉장히 싱싱해 보이는데 좀 먹어도 됩니까?"

윤미순의 말이 끝나기도 전에 김윤찬은 우윳빛이 찬란한 석화를 가리켰다.

"많이 시장했나 보군요? 당연히 드셔도 돼요."

"감사합니다. 그럼 잘 먹겠습니다!"

"얼른 드세요. 쓰레기들은 실컷 구경했고, 이제부터는 제대로 된 인간들을 만나야 하니까."

글쎄? 계속 봐도 별반 다를 게 없을 것 같은데…….

"네."

그렇게 석화를 까먹기 시작하는 김윤찬.

꾸르륵.

그런데 굴 몇 점을 집어 먹자마자 배 속이 요동치기 시작했다.

아씨, 배가 왜 이렇게 부글거려? 설마, 굴이 상했나?

"사모님, 저 잠시만 화장실 좀……."

"왜요? 어디 안 좋아요? 안색이 영 안 좋은데?"

"네. 굴 몇 점을 집어 먹었더니, 갑자기 배가 부글거리네요. 탈이 난 모양입니다."

"어머, 여기 음식이면 상할 리는 없을 테고, 혹시 굴 알레르기가 있나 보네? 그거 몰랐어요?"

"잘 모르겠어요. 전에는 안 그랬는데, 있나 보네요?"

김윤찬이 식은땀까지 흘리며 괴로워했다.

"어휴, '있나 보네요'? 의사가 그런 대답이 어디 있어요? 아무튼, 얼른 다녀오세요. 사람이 어떻게 이렇게 무딜 수가 있어요?"

"네네, 다녀오겠습니다."

"네. 앞으로 소개해 줄 사람들이 진짜배기니까 빨리 다녀와요."

윤미순이 퉁명스럽게 쏘아붙였다.

그렇게 김윤찬이 배를 움켜쥔 채, 황급히 화장실로 달려갔다.

잠시 후, 화장실.

그렇게 김윤찬이 한참 볼일을 보고 있던 바로 그때였다.

두 남자가 화장실 안으로 들어와 조용히 대화를 나누기 시작했고, 김윤찬은 바지춤을 추켜올리려다 멈추며 두 사람의 대화에 귀를 기울였다.

"장 부장님, 오늘 좀 늦으셨네요?"

"뭐, 이런 자리에 굳이 일찍 올 필요 있나? 그냥 얼굴만 내비치고 가는 거지."

"하긴 뭐, 다들 꿍꿍이가 있어서 모인 자리니까요. 그나저나 윤미순 이사장이 이번에 통 크게 쐈더라고요? 한 5장 기부한 거 같은데요?”

“겨우 5장? 병 주고 약 주나? 그 여자 아버지, 윤 이사장이 그동안 없는 사람들 똥구멍에서 콩나물 뽑아 먹은 게 얼만데?”

“그래도 윤 이사장이 부장님께는 제법 하지 않습니까?”

“윤 이사장이 무슨? 그저 졸부 의사지. 아무튼 뭐. 지금까지 그럭저럭 하긴 했는데, 이제 갈아탈 때가 됐어. 언제까지 거기 붙어먹을 수도 없고.”

“아, 따로 생각해 둔 곳이 있으시군요.”

“김 변, 말조심해! 누가 듣겠다. 원래 단물 빠진 껌은 휴지에 싸서 버리는 거야. 그거 삼키면 큰일 나?”

“하하하, 그렇습니까? 알겠습니다. 그나저나 그 조병천 원장 부친 일은 어떻게 잘 해결된 건가요?”

“말도 마. 하여간 근본 없는 인간들이라니까. 내가 그 인간 때문에 후배 검사한테 아쉬운 소리 한 거 생각하면 지금도 치가 떨려.”

“아휴, 고생하셨네요.”

“뭐, 차라리 잘된 일이지. 그동안 동냥 좀 받은 거 갚는다 치면 그렇게 나쁜 선택지는 아니야. 빚은 갚으라고 있는 거니까. 이 정도면 충분하지 않겠나 싶어.”

“그렇군요.”

“그래그래. 아무튼 왔으니까 대충 끼니나 때우고 나가서 제대로 한잔합시다. 내가 자네한테 할 말도 좀 있고."

"네, 알겠습니다. 앞으로 부장님께 신세 질 것도 있고, 제가 끝내주는 곳으로 모시죠."

"그래그래. 태양이 녹스나, 세월이 좀먹나? 인생사 다 먹고 마시자고 사는 건데 양껏 즐겨 줌세. 암튼, 들어가지."

"네, 들어가시죠."

어라? 아까 조병천 원장이 말한 그 장길수가 이 장길수가 맞았어?

화장실 문틈 사이로 얼굴을 확인한 김윤찬이 천천히 고개를 끄덕거렸다.

김윤찬 회귀 전.

"김 교수, 아무래도 이번에는 쉽지가 않을 것 같아."

침통한 표정의 한상우 교수가 말했다.

"뭐가?"

"이번엔 검찰에서 쉽게 넘어갈 것 같지 않아요."

"그게 뭐가 문젠데?"

"솔직히 말씀드리면 검찰 문제가 아니라, 신라병원이 문제죠."

"신라병원이 장길수 용돈 대 주는 곳이라서요?"

심각한 상황임에도 불구하고 김윤찬의 표정은 여유로웠다.

"그래요. 아무래도 이번엔 우리 병원을 잡으려고 검찰 쪽에서 작정하고 덤빈 것 같습니다."

"한상우 교수, 바둑 좀 두세요?"

"바둑요? 뭐, 조금 둡니다. 그렇다고 지금 바둑이나 두고 한가하게 있을 때는 아니잖아요?"

"그러면 대마불사(大馬不死)란 말도 잘 알겠군요. 그게 무슨 뜻인지 아세요?"

"음, 대마는 위태롭긴 해도 결국엔 살길이 열린다는 뜻 아닙니까."

"그래, 맞아요. 대마는 엔간해선 안 죽어요. 그러니까 걱정 안 해도 된다는 뜻입니다. 우리 병원이 무너지면 수만 명의 사람들도 함께 무너집니다. 하루건너 초상을 치르겠죠. 이곳저곳에서 곡소리가 터져 나올 거예요. 그러니 그런 걱정은 안 해도 돼요."

"김윤찬 교수! 이번엔 쉽지 않을 것 같다니까요? 검찰하고 신라병원이 작정을 한 것 같아요. 이번엔 검찰이 작정하고 캐비닛을 열어……."

"그러니까 패를 써야죠. 안 받고는 못 배길 패를."

"그게 무슨 말씀이십니까?"

"그 누구냐, 바둑 천재? 이름이 뭐더라? 돌멩이 어쩌고저

쩌고 그랬던 것 같은데요. 인공지능도 발라 버린?"

"조약돌 9단을 말씀하시는 겁니까?"

"맞아요. 조약돌 9단! 그 친구가 이런 말을 했죠. 기발한 수보다 때로는 당연하지만 놓치는 수가 더 강력할 때가 있다고요."

"당연하지만 놓치는 수요? 도대체 어떻게 하시려는 건지……."

한상우 교수가 난감한 듯 자신의 이마를 문질렀다.

"담당 검사가 누구라고 했죠?"

"네. 중앙지검 장길수 부장검사입니다."

"장길수라……. 어딜 감히 제 몸 하나 건사도 못 하는 비리 검사 따위가? 아무튼 이 일은 내가 알아서 할 테니까 한 교수님은 아무 걱정 마세요."

"그래요? 무슨 뾰족한 수가 있는 겁니까? 압수 수색을 막을?"

"뭐, 우리가 약점을 잡혔다면 그 인간 또한 잡을 약점이 있으니까요."

"그렇습니까? 김 교수한테 패가 있는 거군요?"

"네. 그렇긴 하지만 어디까지나 패는 패죠! 그 인간들 만패불청(萬覇不聽)이라고, 엔간한 패는 받지도 않을 거야. 아무튼 내가 알아서 할 테니까, 한 교수님은 걱정 마세요."

"알았어요."

그렇게 회귀 전 김윤찬은 병원, 제약 회사 커넥션에 연루돼 장길수 부장과 패싸움을 벌였고, 결국 그 패싸움은 처절한 패배로 끝나 버렸던 아픈 추억이 있었다.

음, 약소하지만 이번에 그 빚을 조금이나마 갚아 줄까?

쏴아, 화장실에서 나온 김윤찬이 세면대 물을 틀고는 손을 씻었다.

그렇게 한참을 화장실에서 씨름하던 김윤찬은 연회장으로 돌아왔고, 이미 주접을 떨고 있는 조병천 원장의 삽질 현장을 목격할 수 있었다.

“감사합니다, 검사님! 정말 감사합니다.”

대충 액면가로 봐도 한참 위처럼 보이는 조병천이 장길수 부장 앞에서 쩔쩔매고 있었다.

“뭐, 내가 조 원장님한테 그런 소리 듣자는 건 아니고, 앞으로는 신경 좀 씁시다. 이번에 내가 조 검사한테 빚을 졌어요, 빚을. 내가 꼭 이렇게 나서야 합니까?”

장길수 부장이 양손을 바지 주머니에 찔러 넣은 채, 거만한 표정을 지었다.

이마에 주름살이 물결치는 것을 보니 짜증이 나는 모양이었다.

“네네, 아무렴요. 이 은혜는 절대로 잊지 않겠습니다, 부장님.”

"제발 부친 단속 좀 합시다. 카지노도 아니고, 하다못해 하우스도 아니고. 동네 아줌마들이랑 어울려 산 도박장이 뭡니까? 격 떨어지게? 아직도 그런 데가 있는 줄은 이번에 처음 알았어요, 내가?"

반말인 듯 존댓말인 듯 무례함의 끝판왕인 장길수였다.

"네네, 앞으로는 절대 이런 일로 부장님께 심려를 끼치는 일은 없도록 하겠습니다. 죄송합니다, 정말 죄송합니다. 그런 의미에서 제가 술 한 잔 올리겠습니다."

"뭐, 그러시든가."

장길수 부장이 여전히 한쪽 손은 바지 주머니에 둔 채로 한 손만 빼 들었다.

또르르, 조병천 원장이 두 손을 모아 공손하게 술을 따랐다.

"음, 이번에 의천 지청 조 프로가 애 많이 썼으니까, 인사는 좀 해야 할 겁니다? 제가 무슨 말 하는 건지 아시죠?"

꿀꺽, 장길수가 위스키 잔을 단숨에 삼켜 넘기더니, 조병천의 잔에 술을 따르며 말했다.

그것도 한 손으로.

"네네, 당연히 모셔야죠. 제가 서운치 않게 접대하겠습니다."

"이보세요, 조 원장님! 접대라니? 누가 그런 저속한 단어를 씁니까? 말조심해, 좀."

"아이고, 제가 말실수를 했나 봅니다. 죄송합니다, 검사님! 죄송합니다."

아이고, 그렇게 굽신거리다 코가 땅에 닿겠네. 한심한 인간아.

쯧쯧, 그 모습을 지켜보던 김윤찬이 미간을 찌푸렸다.

"불철주야 나랏일에 매진하는 사람들을 그렇게 매도하지 마세요? 네?"

"당신은 들어가 계세요! 부장님은 제가 모시겠습니다."

그 순간, 윤미순이 두 사람 사이에 끼어들었다.

잔뜩 화가 난 얼굴로 윤미순이 장길수가 있는 테이블 쪽으로 걸어왔다.

"아, 알았어요."

그러자 기다렸다는 듯이 조병천이 자리에서 일어났다.

"오! 우리 이사장님 오셨습니까?"

윤미순을 보자 장길수가 반색하며 너스레를 떨었다.

"네. 나랏일 하시느라 바쁘실 텐데, 참석하셔서 자리를 빛내 주시다니 영광입니다."

잔뜩 화가 난 표정을 밝게 바꾸는 데 오랜 시간이 걸리지 않는 그녀였다.

"어휴, 무슨 그런 섭섭한 말씀을! 그렇지 않아도 이번에 불우 아동 돕기 캠페인에 큰돈을 쾌척하셨던데, 정말 대단하십니다."

“네, 제가 워낙 아이들을 좋아하는지라 약소하지만 보탬이 되고자 했습니다.”

“허허허, 그렇습니까? 하긴 부친께서 하신 일에 비하면 좀 약소하긴 합디다. 뭐, 아무튼 큰일 하셨습니다.”

장길수가 엄지를 추켜세우며 빈정댔다.

“…….”

윤미순은 말없이 입술을 지그시 깨물었다.

“왜요? 제가 좀 실례를 범했습니까?”

“아뇨, 그럴 리가요. 다음엔 좀 더 성의를 보이도록 하겠습니다.”

“오! 노블레스 오블리주! 역시 이사장님은 통이 크십니다. 다음엔 한 10장쯤 부탁합시다.”

“네, 부친과 상의해 보도록 하겠습니다. 그나저나 우리 조 검사님, 나랏일 하시느라 많이 피곤하실 것 같아서 과일 좀 보내 드리려고 하는데, 무슨 과일을 좋아하십니까?”

“하하하, 이제야 말이 좀 통하는군요? 부군께선 영 말귀를 못 알아먹어서 답답해 죽는 줄 알았습니다.”

“네, 제 불찰입니다. 제가 나섰어야 했는데.”

“그래요. 우리 이사장님이 그렇게 나랏일에 관심이 많으시니 말씀드리죠. 전 배를 좋아하고 우리 조 프로는 뭘 좋아하더라? 귤이든가? 사과든가? 둘 다이든가? 전화해서 물어볼까요?”

개새끼, 자기가 처먹고 싶은 거잖아?

그 모습을 김윤찬이 경멸에 찬 눈으로 지켜보고 있었다.

"아, 아닙니다. 제가 알아서 준비토록 하겠습니다."

"이사장님, 김영란법이 지엄하니 과일상자는 3만 원 아래로 알죠?"

헐, 저열한 인간!

예나 지금이나 과일 좋아하는 건 여전하구나.

"그럼요, 잘 알고 있습니다. 그러면 전 이만 일어나도 되겠습니까?"

"뭐, 편하실 대로."

"그러면 즐거운 시간 보내십시오."

잠시 후.

붉으락푸르락하는 표정으로 자리에 돌아온 윤미순. 부아가 치미는지 여전히 두 주먹을 부르르 떨고 있었다.

"저 개새끼! 지금이라도 달려가서 귀싸대기 한 대 올려붙일까?"

멀리 떨어져 장길수를 죽일 듯이 쳐다보는 윤미순이었다.

"이사장님, 참으십시오."

"아니, 내가 지금 화가 치밀어 올라서 참을 수가 없다니까?"

"그래 봐야 이사장님만 손해십니다."

의자에 앉아 있는 윤미순의 엉덩이가 들썩거리자, 김윤찬이 그녀의 팔을 잡아끌었다.

김윤찬이 그녀를 진정시키려 애를 썼다.

"언감생심, 어딜 감히 내 남편을 동네 강아지 잡듯 잡아? 오늘 아주 여길 아수라장으로 만들어 버리고 끝내? 도저히 분이 풀리지 않아. 귀싸대기라도 한 대 올려붙여야 속이 후련할 것 같단 말이야."

여전히 분이 삭이지 않는지 윤미순의 눈 주위가 벌겋게 물들어 있었다.

"곧 그렇게 되실 겁니다."

"뭐가 그렇게 된다는 겁니까?"

"귀싸대기 한 대 올려붙이면 좋겠다면서요?"

"어휴, 지금 김 교수하고 농담 따 먹기 할 기분 아니거든요? 말이 그렇다는 거지. 그게 가능이나 한 겁니까?"

"그러니까 기다려 보시란 말입니다. 재밌는 구경을 하게 되실 테니, 감상이나 하십시오."

"뭐? 무슨 재밌는 구경?"

"귀싸대기요. 그 귀싸대기, 이사장님이 올려붙여야만 맛이 사는 건 아니잖습니까?"

"뭔 소리야? 정말 아까 먹은 굴이 상했나 보네. 헛소리를 하는 걸 보면?"

윤미순이 짜증 섞인 목소리로 쏘아붙였다.

바로 그때였다.

쾅!

거칠게 연회장 문을 열고 들어오는 한 여자가 있었다.

헬기 타고 왔나? 생각보다 일찍 왔네?

그 모습을 지켜보던 김윤찬이 입가에 미소를 머금었다.

"저 여자 뭐야?"

윤미순이 눈을 동그랗게 뜨며 손가락으로 여자를 가리켰다.

"누구겠습니까? 장길수 검사 와이프지."

"그건 나도 알아. 그런데, 저 여자가 여길 왜 왔냐고?? 그리고 김 교수가 저 여자를 어떻게 알아요? 한 번도 본 적이 없을 텐데?"

윤미순이 황당한 표정으로 김윤찬과 여자를 번갈아 쳐다봤다.

물론, 그녀에게 시선을 집중한 사람은 윤미순뿐만은 아니었지만.

잠시 후.

장길수 검사를 향해 성큼성큼 달려오는 그녀. 얼굴은 지금 당장이라도 터질 듯 벌겋게 달아오른 상태였으며, 눈은 증오심으로 활활 타오르고 있었다.

"어? 어? 어어, 여, 여보……."

그녀를 보자 당황한 장길수가 뒷걸음을 치기 시작했다.

그의 태도에는 신경도 쓰지 않은 채 성큼성큼 걸어오는 그녀.

그리고 그녀는 지체 없이 오른손을 들어 올렸다.

찍!

그리고 그녀가 날린 한 방. 오른팔에 온몸의 무게를 실어 날린 그녀의 풀스윙에 무방비 상태로 얻어맞은 장길수 검사였다.

잠시 몸이 휘청거릴 정도로 강력한 오른손 훅이었다. 마치 바위가 반쪽으로 쪼개지는 소리가 들리는 것 같았다. 그러자 금세 장길수의 오른쪽 뺨이 붉게 물들고 말았다.

웅성웅성.

전혀 예상치도 못하게 뜻밖의 사건을 목격한 사람들이 입만 벌린 채, 할 말을 잃었다.

"다, 당신 왜, 왜 그래?"

아픈 것보다 창피한 게 더 큰 장길수였다.

수많은 사람 앞에서 당한 개망신이었으니 그럴 수밖에.

"……."

여자는 아무 말 없이 장길수만 노려볼 뿐이었다.

몽둥이라도 있었으면 휘둘렀으며, 칼이라도 손에 쥐고 있었으면 찌를 것 같은 여자의 표정이었다.

"왜 그런지는 모르겠지만, 지, 진정해! 일단 밖으로 나가……."

여자가 무심한 표정으로 자신의 손목을 잡아끌던 장길수의 손길을 뿌리쳤다.

찍!

또 한 번의 기습.

그녀가 이번엔 장길수의 왼쪽 뺨을 후려갈겼다.

"다, 당신 미쳤어?? 지금 무슨 짓이야!"

장길수가 더 이상 참을 수 없었는지, 소리를 질렀다.

"그럼 이걸 보고도 안 미치게 생겼어욧!"

휘리릭, 여자가 장길수의 면상을 향해 사진 몇 장을 휘갈겼다.

후두두둑, 공중에 팔랑거리더니 흩어져 바닥으로 떨어지는 사진들.

장길수가 그의 내연녀와 외유를 즐기는 낯 뜨거운 사진들이었다.

그녀가 그토록 분노한 이유가 만천하에 들통나는 순간이었다.

"여, 여보……."

마구 흔들리는 장길수 부장의 동공. 지금은 그 어떤 변명거리도 통할 수 없는 상황이었다.

"당신 각오해요. 아빠가 가만계시지 않을 거니까."

또각또각, 할 일을 다 한 그녀가 옷매무새를 단정히 하더니 천천히 연회장을 빠져나갔다.

"여, 여보! 이, 이건 오해야. 저거 나 아니야! 누가 날 모함한 거라고!!"

이제야 상황이 어떻게 돌아가는 건지 파악한 장길수가 허둥지둥 그녀의 뒤를 따랐지만, 이미 상황은 끝나 있었다.

"호호호호!"

그 모습을 지켜보던 그 누구보다 즐기는 여자. 윤미순 이사장이었다.

♥

잠시 후, 윤미순의 차 안.

믿지 않았어, 그녀의 어이없던 얘기들♬
나를 속이며 지금까지 만나 왔단 사실도♩
너를 사랑한 그녀의 위선이었기를♪

"최 기사님? 이 노래 제목이 뭡니까?"

저녁 만찬을 마치고 돌아오는 길.

뒷좌석에 앉은 윤미순이 라디오에서 흘러나오는 노래에 맞춰 콧노래를 흥얼거렸다. 평소보다 10배, 아니 1백 배는 행복한 모습이었다.

"사모님, 죄송합니다. 불편하시면 라디오 끌까요?"

“아뇨? 노래가 너무 좋아서 물어본 건데, 라디오는 왜 꺼요. 이 노래 제목이 뭐냐니까요?”

윤미순의 만면에 미소가 가득했다.

“김소정의 ‘그대와의 이별’이라는 노래예요.”

최 기사가 머뭇거리자 김윤찬이 끼어들었다.

“아, 그래요? 이별 노래야? 무슨, 이별 노래가 이렇게 신나?”

이제 어깨까지 들썩거리는 윤미순이었다.

“그러게요. 지금 들어 보니 그러네요?”

“뭐, 그럴 수도 있지. 나도 지금 이렇게 신이 나잖아? 안 그래요, 김 교수?”

“그렇게 좋으십니까?”

“말해 뭐 해. 당신도 좀 전에 봤지? 장길수 검사 뺨 맞는 거? 그 인간, 그렇게 때릴 줄만 알았지, 자기가 쳐 맞을 줄은 꿈에도 몰랐을걸.”

“그러게요. 몸이 휘청하던데요?”

“깔깔깔, 그래그래. 아주 10년 묵은 체증이 내려가는 것 같았어. 혼자 고고한 척하더니, 그렇게 뒤로 호박씨 까고 있을 줄은 누가 알았겠어? 그 인간 바람피운 거 맞지?”

윤미순의 표정은 싱글벙글쇼였다.

“네, 그런 듯하네요.”

“그나저나 김 교수가 그걸 어떻게 알았어?”

"뭘요?"

"아니, 장길수 그 인간이 빰 맞을 걸 알고 있었잖아? 그걸 어떻게 알았냐는 말이지."

한바탕 웃고 나서야 김윤찬이 했던 말이 궁금했던 모양이었다.

"찍었어요. 그냥 왠지 그럴 것 같더라고요."

"헐, 그게 말이 돼? 당신이 박수무당이야? 그런 걸 찍게?"

"진짜입니다. 제가 일면식도 없는 장길수를 어떻게 알겠어요? 그냥 알 수 없는 육감이라고 할까? 그 인간 처음 봤을 때부터 뭔가 느낌이 안 좋았었거든요. 왠지 빰 한 대 제대로 맞을 것 같은?"

"정말? 당신 신기 있는 거 아냐?"

"글쎄요. 신기든 뭐든 그게 중요하나요? 장길수 검사가 빰을 맞았다는 게 중요하죠."

"호호호, 그런가? 아무튼 오늘 기분 최고예요! 최 기사님! 볼륨 좀 더 높여 봐요!"

"네, 사모님!"

정말 우리 진짜 끝난 거야♪
네가 완전 확인시켜 줬지♬
굳이 그럴 필욘 없었는데♩

윤미순이 평소에 하지 않던 콧노래를 더욱 흥얼거렸다.

“아, 그나저나 정말 김 교수가 오늘 사건에 뭔가 조연 역할을 한 건 아니지?”

“그럴 리가요.”

“그렇겠지? 아무리 내가 육감이 발달한 여자이긴 하지만, 그럴 리는 없을 거야. 김 교수가 그 사람들과 무슨 접점이 있다고. 안 그래?”

“그럼요. 당연하죠.”

“아무튼 난, 우리 김 교수가 참 맘에 들어요! 김 교수랑 같이 있으면 오늘처럼 뭔가 좋은 일이 생긴다니깐?”

윤미순이 해맑은 표정을 지으며 노래를 흥얼거렸다.

흔들리지 않고 피는 꽃은 없다

"지석 형님, 감사합니다."

윤미순의 차에서 내려 자신의 집으로 돌아온 김윤찬이 간지석에게 전화를 걸었다.

-고맙긴, 우리 사이에 그런 거 없다.

장길수 검사의 치부를 꿰고 있던 건 간지석이었다. 강경파 회장의 사망 후, 그룹 전체를 이끌어야 하는 간지석이었기에 그 역시 나름대로 장길수 검사를 예의 주시하고 있었던 것.

"그래도 고생하셨습니다."

-음, 뭐. 어차피 대비는 해 둬야 하지 않겠냐? 이 바닥에서 장길수한테 한두 번 안 데어 본 기업이 얼마나 있겠어.

"네, 아무리 생각해 봐도 좀 거리를 두시는 게 좋을 것 같아요. 매우 질이 안 좋은 사람 같습니다."

—당연하지. 그런 쓰레기 같은 인간한테까지 상납하면서 기업 운영하고 싶은 마음은 눈곱만큼도 없어. 치워 버려야 할 똥 같은 놈이야. 거름으로도 쓸 수 없을 만큼.

"맞습니다. 저도 도울 일이 있으면 도울게요."

—하하하, 아냐, 아냐. 우리 윤찬이 손에 더러운 것 묻히고 싶지 않구나. 넌 언제나 지금처럼 고고하게 너 하고 싶은 일 맘껏 하렴. 똥은 내 손에 묻는 것만으로 족해!

"하아, 저도 미국에 있는 동안 때가 많이 묻었는걸요?"

—이 녀석아, 네 녀석에 묻은 때는 샤워 한 번 하면 사라지지만, 난 돌멩이로 벅벅 문질러도 벗겨지질 않아. 그러니까 묻어도 나만 묻으면 되는 거야. 너한테는 절대 때를 묻히고 싶지 않구나. 그러니까 괜한 관심 끊고 네 할 일이나 하거라. 내가 살아 있는 동안은 그 누구도 네 손에 더러운 거 못 묻힐 거다.

"흐음, 감사합니다. 저도 형님 뜻에 어긋나지 않도록 몸가짐 잘하겠습니다. 감사합니다, 형님!"

—그래그래. 미국에서 돌아왔는데 술 한잔도 못 해서 서운하다. 조만간 돼지 껍데기에 쐬주 한잔 하자꾸나.

"네, 형님! 제가 곧 연락드리겠습니다."

그렇게 김윤찬은 간지석의 도움으로 윤미순의 마음을 살 수 있었다.

윤미순의 마음을 사라는 김 할머니의 미션!

이 첫 번째 허들은 어렵지 않게 넘은 것 같았다.

흉부외과 중환자실.

“장 선생님, 환자 TOF(팔로사징)로 입원한 6세 환아, 어디비션(입원) 당시에는 상태가 나쁘지 않았는데, 지금 갑자기 열이 치솟고 있어요.”

담당 간호사 이수진이 주치의인 장영은을 호출했다.

TOF(팔로사징).

심실중격결손, 우심실 유출로 협착, 대동맥 기승, 우심실 비대 등 심장 관련 네 가지 증세가 동시에 나타나는 질병으로, 선천적인 경우가 많다.

이 중 가장 중요한 것은 심실중격결손과 우심실 유출로 협착이었다. 얼마 전에 병원에 입원한 6세 소녀 정다빈이 앓고 있는 병이었다.

“얼마나 심한데요?”

“그게 갑자기 열이 치솟아서요. 처음엔 37.5도 정도여서 크게 문제가 되지 않았는데, 지금은 40.7도까지 치솟았어요.”

당황한 기색이 역력한 이수진 간호사였다.

“해열진통제는 투여했나요?”

아이의 상태를 확인한 장영은이 물었다.

"네네. 아세트아미노펜 투여했는데 열이 잘 안 떨어져요."

"네. 일단 수액 주입해 보시고, 해열제 1앰풀 더 투여해 봅시다. 저도 아직 뭐라고 말씀드릴 수 없을 것 같네요. 다른 데 이상 징후는 없는 것 같으니까요."

"네, 그렇게 할게요. 수액 달고 진통제 투여하겠습니다."

열이 좀 오를 뿐 별다른 증후는 보이지 않았기에, 장영은은 크게 개의치 않았다.

"네. 시간 단위로 확인해 주시고 문제 생기면 바로 저한테 연락 주세요."

"네, 그렇게 할게요."

약물을 투여하자 호전되기 시작하는 아이. 어린아이였기에 잠시 열병이 있었던 것으로 보였다.

그렇게 장영은은 열을 내리는 처방 말고는 특별한 추가 조치를 취하지 않고 당직실로 돌아와 있었다.

하지만 몇 시간 후.

그것도 잠시뿐, 장영은의 예상과는 달리 아이의 상태는 아까의 호전이 거짓말처럼 더욱더 악화되고 있었다.

"선생님, 다빈이가 이상해요! 빨리 좀 내려오셔야 할 것 같습니다."

담당 간호사 이수진이 황급히 장영은을 호출했다.

"네? 뭐죠? 무슨 일인가요?"

"갑자기 다빈이 HR(심장박동 수)이 급격히 떨어지고 심전도 리듬이 Prolong(심전도 그래프가 늘어지는 현상) 됐어요. 빨리 와 주셔야 할 것 같습니다."

"네, 알았어요. 바로 내려갈게요."

심장박동 수가 떨어지고 심전도상에 늘어짐이 생겼다는 건, 심장의 상태가 급격히 나빠졌다는 것을 의미했다.

장영은이 급히 소아 중환자실로 내려갔고, 다빈이의 의식을 체크했다.

"다빈이 의식 확인했어요?"

"네, 아직 의식은 있는 것 같아요. 좀 전과 다른 것 없습니다."

간호사가 장영은의 질문에 답했다.

"다빈아, 괜찮아?"

장영은이 환자의 손을 살짝 움켜쥐며 물었지만, 아이는 전혀 반응이 없었다.

"의식 없는 것 같은데요?"

"다빈아! 손가락 좀 까딱거려 봐, 응?"

장영은이 불안한 듯 다빈이의 손을 움켜쥐었다.

여전히 아무런 반응이 없는 아이.

바로 그때였다.

"서, 선생님! 여기 좀 보세요! 에이시스톨(심장 무수축)이요!"

환자 감시용 모니터에 지속적으로 알림이 울리더니, 그와 동시에 무수축 현상이 발생되고 말았다.

에이시스톨, 심장 무수축은 말 그대로 이완과 수축을 반복하는 심장이 더 이상 수축되지 않는다는 뜻, 즉, 심장박동이 멈춰 버리거나 결여되는 응급 상황이었다.

"뭐라고요? 에이시스톨이라고요?"

휘청, 깜짝 놀란 장영은의 몸이 휘청거렸다.

"네, 어떻게 하죠?"

담당 간호사 이수진과 장영은이 서로의 얼굴을 마주 보며 당혹감을 감출 수 없었다.

"심폐 소생술! 지금 당장 CPCR(심폐 소생술)을 해야 합니다. 코드 블루 때리고, 제세동기 가져오세요! 빨리요!"

뜻밖의 상황에 당황한 장영은이 소리를 질렀다.

잠시 후.

"장 선생! 무슨 일이야?"

때마침 야간 진료를 마친 이택진이 코드 블루 방송을 듣고 부랴부랴 중환자실로 내려왔다.

"교수님! 다빈이가……!"

"무슨 일이냐고? 다빈이가 왜?"

이택진이 장영은을 다그쳤다.

"그게…… 모르겠어요. 환자 의식 없고, 에이시스톨입니

다! 교수님, 바로 CPCR 들어가야 할 것 같습니다.”

“심폐 소생술? 그 정도로 심각하다고?”

“네, 그렇습니다. 다빈이 상태가 좋지 못합니다. 심전도상에…….”

“하아, 비켜! 내가 할 테니까!”

이택진이 장영은의 몸을 밀치며 페이션트 모니터 쪽으로 자리를 이동했다.

이택진이 페이션트 모니터를 살펴보더니 눈매를 좁혔다.

“미쳤구나, 너?”

모니터를 살펴보던 이택진의 눈에 노기가 가득했다.

“교수님, 제세동기 가지고 왔습니다!”

그 순간, 이수진 간호사가 제세동기를 끌고 중환자실로 들어왔다.

“교수님, 제가 하겠습니다. 다빈이는 제 환자예요!”

뒤로 밀려 나 있던 장영은이 앞쪽으로 나오며 말했다.

“미쳤어? 환자 잡을 일 있어? 지금 네 상태를 봐. 이 상태로 뭘 하겠다는 건가? 네가 지금 뭔가 할 수 있는 상태라고 생각하나?”

이택진이 어이없다는 듯이 고개를 내저었다.

“아무리 그래도 제가…….”

“그 덜덜거리는 손으로 뭘 할 수 있다는 건가? 비켜! 환자 죽이고 싶지 않으면!”

벌벌 떨리는 장영은의 손. 식은땀까지 흘리며 상기된 얼굴로 서 있자 이택진이 거칠게 그의 팔을 잡아끌었다.

"교수님……."

장영은이 떨리는 손을 멈추려는 듯, 왼손으로 오른손을 꽉 쥐었다.

"지금 뭐 해? 괜히 걸리적거리니까 비키라고 했잖아! 이수진 간호사, 제세동기!"

이택진이 장영은의 몸을 거칠게 밀쳤다.

"네, 교수님!"

이택진의 지시에 이수진 간호사가 제세동기 패드에 푸른 젤을 발라 이택진에게 넘겨주었다.

장영은은 황망한 표정으로 이택진의 심폐 소생술을 지켜볼 수밖에 없었다.

"……."

고압적인 이택진 교수의 태도에 주눅 든 장영은은 울먹거리며 멀뚱멀뚱 서 있을 뿐이었다.

"150줄 차지!"

"150줄 차지!"

이택진이 콜하자 이수진 간호사가 후창하며 제세동기 레버를 돌렸다.

"이 선생! 200줄 차지!"

하지만 아무런 반응이 없자, 이택진이 한 번 더 큰 목소리

로 이수진 간호사에게 오더를 내렸다.

"200줄 차지!"

그렇게 필사적으로 응급조치를 한 지 한 시간이 지난 후, 다빈이가 서서히 반응을 보이기 시작했다.

"에피네프린 1앰풀, 식염수에 희석해서 투여해 줘요!"

"네, 교수님!"

심폐소생술, 제세동기 적용, 에피네프린 및 도부타민 등의 강심제, 중탄산나트륨 등 많은 약물을 투여해 가까스로 다빈이의 심장은 다시 뛰기 시작했다.

즉, ROSC(자발적 심장박동이 가능한 상태)를 되찾을 수 있었다.

"후우, 심장 다시 뛴다."

거의 땀으로 목욕을 한 듯, 이택진의 온몸이 땀에 젖어 있었다.

이택진이 흘러내리는 땀을 옷깃으로 훔쳐 내며 안도의 한숨을 내쉬었다.

"고생하셨습니다, 교수님!"

이수진 간호사도 마찬가지로 이마에 땀방울이 송골송골 맺혀 있었다.

"그래요. 이 간호사도 고생 많았어요."

"어휴, 아니에요. 교수님이 너무 고생 많으셨어요! 다빈이 살았어요, 이제."

후우, 페이션트 모니터를 확인한 이수진 역시 안도의 한숨을 내쉬었다.

"넌 뭐 한다고 그렇게 넋 놓고 서 있는 거야?"

다빈이의 심장이 정상적으로 뛰기 시작하자, 이택진이 그제야 장영은에게 말을 걸었다.

"죄, 죄송합니다. 교수님."

금세라도 눈물이 떨어질 듯, 장영은의 눈이 붉게 물들어 있었다.

"지금 유치원에서 말썽 피운 어린애인 줄 알아, 자네는? 울면 다 용서되는 줄 알아?"

이택진이 냉정한 표정으로 장영은에게 쏘아붙였다.

"아, 아닙니다. 죄송합니다. 교수님!"

장영은이 옷소매로 눈 밑을 훔쳐 내며 말을 더듬었다.

"넌 흉부외과 의사야. 심장은 절대로 네가 뭘 알 때까지 기다려 주지 않는다. 네가 스스로 알아내야 해. 그렇지 않으면 심장도 널 포기하게 된다는 걸 명심해! 오늘 다빈이한테 어떤 증세가 있었는지 모두 정리해서 내 방으로 가지고 와! 하나도 빠짐없이!"

이택진이 냉정한 얼굴로 장영은을 호되게 꾸짖었다.

"네, 알겠습니다."

"울지 말라고 했지! 그 눈물이 해결해 줄 수 있는 건 아무것도 없어. 환자 부모 앞에서도 그럴 건가? 눈물로 호소할 생각이냐고! 당장 그 눈물 못 그쳐!"

옆에 있던 이수진 간호사가 무안할 정도로 장영은을 호되게 야단치는 이택진이었다.

“네! 교수님! 절대로 울지 않겠습니다.”

이빨을 악다무는 장영은.

“그래. 당장 환자 부모님 만나서 지금 상황 설명해 드리고, 바로 차트 들고 내 방으로 와.”

“네, 알겠습니다.”

솟구쳐 오르는 울음을 억지로 삼켜 넘기는 그녀였다.

이택진 교수 연구실.

잠시 후, 검사 결과와 진료 기록을 살펴보던 이택진 교수. 그의 얼굴이 점점 굳어져 가고 있었다.

“다빈이 열이 40도가 넘었다고?”

휘리릭, 차트를 살펴보던 이택진이 고개를 들어 장영은을 노려봤다.

“네, 그렇습니다. 그래서 해열진통제 처방하고 수액 적용했습니다.”

“그러고 자리를 비웠단 말이지? 애 열이 40도가 넘었는데?”

장영은을 노려보는 이택진의 눈빛이 날카로웠다.

“아, 네. 해, 해열진통제를 투여하자 열도 좀 떨어져서 큰 일은 없을 거라고 새, 생각했고, 제가 밀린 일이 있어서 그거 처리하느라 이수진 선생님한테 오더를 드리고…….”

우물쭈물 말을 더듬는 장영은. 금세라도 터질 듯 그녀의 얼굴이 토마토처럼 붉어졌다.

“미쳤군! 너 지금 제정신이야? 팔로사징 환자가 열이 40도가 넘었는데, 그게 정상이야? 그런데 뭐? 밀린 일?? 그걸 지금 말이라고 해!!”

“죄, 죄송합니다. 정말 죄송합니다, 교수님!”

당황한 장영은이 어쩔 줄 몰라 했다.

“너, 지금 까딱 잘못했다간 어린 다빈이 골로 보낼 수 있었다는 걸 명심해. 6살밖에 되지 않는 아이가 열이 40도가 넘어가면 장기에 어떤 영향을 주는지 몰라??”

“네?”

“하아, 이런 멍청이! 지금 당장 소화기외과에 노티해! 당장!”

후두둑, 이택진 교수가 불같이 성질을 내며 진료 기록지를 바닥에 내팽겨쳐 버렸다.

이택진 교수 연구실.

소화기 외과의 검진으로 밝혀진 다빈이의 또 다른 병은 소장 괴사. 천만다행으로 일찍 발견되었기에 망정이지, 자칫 잘못했다면 생명을 담보할 수 없는 상황이었다.

며칠 후, 소화기외과의 수술로 소장 일부를 잘라 내는 에토미(절제술)를 했고, 다행히 수술은 성공적이었다.

하지만 실수를 범한 장영은에게는 씻을 수 없는 상처가 되어 버렸다.

"지금부터 넌 다빈이한테서 손 떼!"

이택진이 냉소적인 어투로 말했다.

"교수님! 다빈이는 제 환자입니다. 저한테 계속 맡겨 주십시오. 부탁드립니다!"

"그래서 맡길 수 없다는 거야. 넌 지금 공황상태고 네 실수를 만회하기 위해 무리할 것이 틀림없어. 넌 환자를 위한다고 하지만 그건 환자를 위하는 게 아니야. 그냥 차 선생이랑 바꿔."

"교수님! 잘할 수 있습니다. 다빈이랑 약속했어요. 제가 꼭 낫게 해 주겠다고요! 반드시 운동장에서 아이들이랑 뛰어놀 수 있게 해 준다고!"

"자네 말대로 하루빨리 다빈이를 뛰어놀게 해 주고 싶다면, 이쯤에서 포기해. 그게 다빈이가 회복할 수 있는 가장 빠른 길이야."

이택진이 냉정하게 고개를 내저었다.

"……."

"뭐 해? 흉부외과 레지던트가 이렇게 한가하게 서 있을 시간이 있었던가? 당장 나가서 환자 봐야 할 것 아냐?"

장영은이 머뭇거리자 이택진이 호통을 쳤다.

"네에, 알겠습니다."

장영은이 코를 훌쩍거리며 옷소매를 눈물을 훔쳐 냈다.

잠시 후.

"좀 심한 거 아냐? 내가 보기엔 장 선생이 실수한 건 별로 없는 것 같은데 말이야."

이택진의 연구실을 찾은 김윤찬이 말했다.

"뭐, 미운 자식 떡 하나 더 주고 이쁜 놈 매 한 대 더 때린다고 하잖아. 네 말대로 능력 있는 친구라서 그래."

"야야, 그거 다 옛날 말이야. 전근대적인 사고방식으로 고함 교수님이나 이상종 교수님이 써먹던 수법이지! 암!"

김윤찬이 팔짱을 낀 채 고개를 끄덕였다.

"야, 명불허전이라는 게 있는 거야. 고함 교수님이나 이상종 교수님이 괜히 그러셨겠어? 그게 다 피가 되고 살이 되는 거야."

이택진이 지지 않겠다는 듯이 반박했다.

"하아, 그러니까 애들이 너한테 올드하다, 틀딱이다 뭐 그러는 거라고."

"뭐라고? 트, 틀딱??"

김윤찬의 말에 이택진이 발끈했다.

"그럼, 그럼. 생긴 건 올드해, 하는 짓은 전근대적이야. 아무튼 '할많하않'이다."

"할많하않? 그게 뭐야?"

"그러니까 너보고 올드하다는 거야. 인터넷 좀 찾아봐라. 무슨 뜻인지 그렇게 궁금하면."

김윤찬이 한심하다는 듯이 검지를 흔들었다.

'할많하않?? 젠장, 그게 무슨 뜻이야?'

탁탁탁, 이택진이 키보드를 두드려 단어의 뜻을 검색했다.

"할많하않? 할 말은 많지만 하지 않겠다? 뭐, 유구무언이란 비슷한 건가?"

"그래그래, 너에 대해서 할 말은 많지만, 굳이 하지는 않겠다는 뜻이지."

"헐, 어이없네. 무슨 할 말? 말해 봐. 애들 사이에서 내 소문 도는 거라도 있어?"

"할많하않이라니까?"

큭큭큭, 김윤찬이 재밌다는 듯이 익살스럽게 웃었다.

"와……. 이 새끼 선 넘네? 빨리 안 말해?"

"됐고! 다빈이 수술은 잘된 거지?"

방금 전까지 환하게 웃었던 김윤찬이 정색하며 물었다.

“어, 다행히 잘됐어. 조금만 늦었어도 문제가 심각해질 뻔했는데 정말 다행이야.”

“음, 그렇군.”

“근데 문제는 다빈이 수술 일정 잡기가 애매해졌다는 거지. 회복되는 데 시간이 좀 걸릴 것 같아. 그만큼 심장 수술도 더뎌질 거고. 그나저나 다빈이 수술은 네가 할 거지?”

“글쎄?”

“그런 말이 어딨어? 팔로사징이라면 자다가도 벌떡 일어나는 사람이. 게다가 팔로사징 수술 너보다 잘하는 사람이 우리나라에 어디 있냐?”

이택진이 입을 삐죽거렸다.

“아무튼, 상황 좀 보고. 그나저나 장영은 선생은 좀 더 두고 보자?”

“뭘 두고 봐? 그 녀석, 지금 멘탈 완전 바사삭이야. 지금은 잠깐 쉬게 해 주는 게 좋아.”

“아니, 그것도 장 선생이 결정하는 거야. 멘탈이 더 부서져 망가져 버리든, 회복하든 말이야. 다만, 난 좀 더 기회를 주고 싶은데?”

“주치의 자리를 계속 맡게 두라는 뜻이야?”

“뭐, 일단 잠시 홀딩해 두자는 거야. 장 선생이 스스로 딛고 일어날 수 있는지 무척이나 호기심이 생기는걸?”

“너, 장영은 선생을 무척 아끼는구나?”

"뭐 그렇다기보단, 나랑 비슷한 구석이 있는 것 같아서 그래. 뭔가 끌려. 기회를 주고 싶네?"

"큭큭큭, 이제 너도 후계자 자리가 필요할 정도로 컸다는 얘기로 들린다?"

"그게 왜 그쪽으로 가냐? 암튼, 장영은 선생은 좀 더 두고 보자."

"알았다. 그렇게 하자고. 다만, 일단 나랑 내기부터 하자고?"

이택진이 묘한 눈빛으로 김윤찬을 쳐다봤다.

"내기? 무슨?"

"장영은이 일주일 못 버틴다에 1백만 원 빵! 어때? 넌 버틴다에 걸고."

"1백만 원 빵?"

"그래. 1백만 원 빵! 쫄리면 뒈지시든가."

이택진이 자신만만한 표정으로 입술을 내밀었다.

"오케이, 콜! 난 장 선생이 버틴다에 건다."

"아싸! 너 무르기 없기다?"

"당근이지."

"좋아, 좋아, 꽁돈 생겼네?"

뭔가 믿는 구석이 있는지 이태진이 입가에 야릇한 미소를 지었다.

이택진이 자신감을 보인 이유를 알기까진 그리 오랜 시간이 걸리지 않았다.

소아 중환자실.

장영은의 모습이 보이자, 중환자 대기실에 있던 다빈 엄마가 자리에서 벌떡 일어났다.

"선생님!"

마치 기다렸다는 듯이 장영은에게 다가가는 그녀. 얼굴엔 노기가 가득해 보였다.

"네. 안녕하세요, 어머님."

"선생님, 다빈이 시트 좀 갈아 주세요."

싸울 듯 대들며 나서는 다빈 엄마였다.

"네??"

깜짝 놀란 장영은이 눈을 크게 떴다.

"아니, 다빈이 시트가 너무 더러워서요! 시트 좀 갈아 달라고 하는데, 왜 그런 표정을 지으세요? 제가 뭘 잘못했나요?"

작정한 듯 다빈이 엄마의 목소리에 노기가 가득했다.

"아앗! 어머님! 제가 미처 신경을 못 썼어요. 갑자기 중환자실에 입원한 환자가 많아서 제대로 신경을 쓰지 못했습니다! 다빈이 시트 곧 갈아 드릴게요."

담당 간호사가 다빈 엄마와 장영은의 대화 사이에 끼어들었다.

"아뇨, 괜찮아요! 간호사 선생님은 바쁘시잖아요. 한가한 저 선생님이 하시는 게 맞죠."

지난번 다빈이 일로 장영은에게 불만이 가득한 다빈 엄마였다.

"아니, 선생님은 그런 일 하시는 분이……."

난감한 듯 얼굴을 붉히는 담당 간호사.

"아니, 아니. 진료도 제대로 못 할 거면 이런 일이라도 잘해야죠? 괜히 의사랍시고, 우리 아이 잡지나 말고요."

장영은에 대한 불신이 보통이 넘는 것 같았다.

"그럼요! 저 시트 잘 갈아요! 좀 전에 보니까 다빈이 시트가 좀 더러워진 것 같더군요! 제가 제일 깨끗한 걸로 바로 갈아 놓겠습니다."

장영은이 얼굴에서 당황한 기색을 걷어 내며, 흔쾌히 다빈 엄마의 제안을 받아들였다.

"아니, 선생님! 그건 선생님이 하실 필요가……."

"아니에요. 누가 하면 어때요? 제가 하겠습니다, 선생님!"

담당 간호사가 난감한 표정을 짓자, 장영은이 그녀의 팔을 지그시 잡으며 고개를 가로저었다.

"흠흠흠, 바쁘다는 핑계로 미루지 말고 지금 당장 바꿔 주세욧! 우리 다빈이 눅눅한 시트는 질색하니까요!"

"네, 알겠습니다. 바로 교체하겠습니다."

"……."

장영은의 인사도 받지 않고 냉정하게 돌아서는 다빈 엄마였다.

"장 선생님, 너무 상심하지 마세요. 종종 저런 보호자들이 있거든요. 안하무인이에요, 정말! 당신 자식만 중요한가? 시트는 제가 갈아 놓을 테니, 신경 쓰지 마세요."

다빈 엄마의 모습이 보이지 않자 담당 간호사가 투덜거렸다.

"아니에요. 저한테 부탁한 거니, 제가 하는 게 맞죠. 제가 알아서 할 거니까, 간호사님은 일 보세요."

"정말 그래도 돼요?"

"그럼요. 신경 쓰지 마세요."

장영은이 머뭇거리는 간호사의 등을 떠밀었다.

오! 장영은 선생, 제법 맷집이 있는걸?

그 모습을 김윤찬이 신기하다는 듯이 지켜보고 있었다.

며칠 후.

"아니, 애 팔이 왜 이래요? 도대체 주사를 어떻게 놨길래 우리 다빈이 팔에 이렇게 시퍼렇게 멍이 든 건가요?"

"죄송합니다! 제가 좀 더 신경을 쓰도록 하겠습니다."

"어휴, 담당 주치의 바꿔 준다더니 도대체 어떻게 된 거야?"

"죄송합니다."

"몰라욧! 하여간 맘에 안 들어!"

그렇게 계모가 콩쥐 구박하듯, 다빈 엄마의 히스테리는 날로 심해졌고, 때아닌 시집살이에 장영은의 얼굴은 날로 초췌해져 가고 있었다.

"의사 선생님, 저 괜찮아요. 선생님 주사 한 개도 안 아파."

"정말?"

"네! 우리 엄마가 좀 이상해. 다른 선생님한테는 아무 말도 못 하면서 선생님만 보면 저래. 엄마, 미워! 난 선생님이 제일 좋은데."

"진짜? 선생님도 다빈이가 제일 좋아."

"정말요? 선생님이 최고야!"

다빈이가 장영은에게 엄지 척을 하며 빙그레 웃었다.

"나도 우리 다빈이가 제~일 좋아!"

아무리 힘들어도 다빈이의 해맑은 미소 한 방에 봄눈 녹듯 마음이 푸근해지는 장영은이었다.

"선생님! 저 정말 다른 애들처럼 뛰어다닐 수 있어요?"

"그럼, 그럼! 뛰어다니다 못해 날아다닐 수도 있을걸."

"와! 정말요?"

"그럼 당연하지! 그나저나 우리 다빈이가 이걸 좋아할지 모르겠는데, 선생님이 선물 하나 가지고 왔어. 볼래?"

"와, 선물요?"

"응! 선생님이 가장 좋아하는 거야."

"뭔데요? 빨리! 보여 주세요."

"알았어! 짜잔!"

장영은이 다빈이에게 주려던 선물! 여자아이들이 가장 좋아하는 캐릭터인 알쏭달쏭 캐치! 티니핑이 그려진 마스크였다.

"와! 알쏭달쏭 캐치! 티니핑이닷!"

뛸 듯이 기뻐하는 다빈.

"맘에 들어?"

"그럼요! 내가 제일, 제일 좋아하는 거예요. 얼마 전에 정체를 알 수 없는 수수께끼 티니핑까지 나왔는데, 아직 못 봐서 얼마나 궁금했다고요!"

"맞아! 선생님도 엄청 궁금해! 로미하고 새로 등장한 로열 티니핑들이 하모니 마을에 흩어진 열쇠를 모두 캐치할 수 있을까?"

"와! 선생님도 진짜 티니핑 좋아해요?"

"그럼, 그럼! 완전 짱이지!"

"와! 신난다! 나중에 저랑 같이 봐요. 네?"

"당연하지. 그러니까 우리 다빈이 좀 아파도 씩씩하게 참는 거야? 알았지?"

"네! 선생님!"

다빈이가 장영은이 선물한 마스크를 들고는 해맑게 웃었다.

그렇게 장영은은 다빈에게 온갖 정성을 쏟았다.

24시간 틈틈이 시간 나는 대로 다빈의 곁에서 아이의 상태를 살폈고, 당직이 없는 날에도 동료와 차례를 바꿔, 다빈의 곁을 떠나지 않고 지켜봤다.

열이 나는지.

기침하는지.

가슴이 아픈지.

모든 것을 꼼꼼히 확인하며 온 정성을 기울이는 그녀였다.

그리고 일주일 후.

김윤찬 교수 연구실.

다빈 엄마가 김윤찬의 연구실로 찾아왔다.

"어머니, 이제 그만하셔도 될 것 같은데요?"

김윤찬이 다빈 엄마를 보며 빙그레 웃었다.

"어휴, 맞아요! 저 정말 일주일 동안 미안해서 죽는 줄 알았어요, 교수님!"

휴, 이제야 안도의 한숨을 내쉬는 다빈 엄마였다.

"네네, 이제는 그러지 않으셔도 됩니다. 얼핏 보니까, 어머니 연기력이 거의 대종 여우 주연상 수상 각이시던데요?"

김윤찬이 엄지 척을 했다.

"호호호, 어휴 아니에요. 정말 우리 영은 선생님 같은 의사 선생님은 처음 봤어요. 사실, 장 선생님한테 감정이 좀 있었거든요. 그래서 교수님 부탁을 받고 좀 탐탁지 않았어요."

"그러셨군요. 제 부탁을 들어주셔서 정말 감사합니다."

김윤찬이 다빈 엄마에게 정중하게 인사했다.

"네. 처음에는 그랬는데, 하루 이틀 지나니까 제가 괜한 치기를 부렸던 게 아닌가 싶더라고요. 장영은 선생님, 생각보다 마음이 따뜻하신 분 같아요."

다빈 엄마가 입가에 미소를 띠었다.

"그래요? 장 선생이 다빈이를 잘 돌봐 주나 봐요?"

"그럼요! 우리 다빈이가 워낙 아기 때부터 아파서 이 병원 저 병원 안 다녀 본 곳이 없거든요. 그런데 장 선생님처럼 진심으로 우리 아이를 대해 준 선생님은 처음이에요, 정말!"

다빈이 때문에 언제나 그늘이 져 있던 그녀. 오랜만에 보는 밝은 표정이었다.

"그랬군요."

다빈 엄마의 말을 들은 김윤찬이 입가에 흐뭇한 미소를 흘렸다.

"네네. 우리 다빈이, 엔간해선 의사 선생님이랑 안 친해지는 깍쟁이거든요."

"그 정도인가요?"

"그럼요! 한두 살 먹은 애도 아닌데, 얼마나 낯을 가리던지. 다들 다빈이라고 하면 혀를 내두를 정도니까요."

"후후후, 그랬군요."

"그런데 장 선생님은 달랐어요. 그런 내색을 단 한 번도 하지 않았어요. 처음엔 이러다 말겠지 했는데, 그게 아니더라고요."

"어머님, 다시 한번 말씀드리지만, 장영은 선생의 잘못이 아니에요. 다빈이의 고열은 어쩔 수 없었습니다. 레지던트인 영은 선생이 예측할 수 있었던 건 아니에요. 그리고 장영은 선생이 치료 절차에 맞춰 적절하게 조치했습니다."

"네, 교수님! 저도 알아요. 그런데 엄마 마음이 그렇잖아요. 아이가 아프면 눈에 뵈는 것도 없고."

"네, 제가 왜 그런 마음을 모르겠습니까? 어머님 마음은 백번 이해하고도 남습니다. 다만, 제가 어머님께 확실하게 약속드릴 수 있는 건, 다빈이 병은 제가 꼭 고쳐 드리겠다는 것입니다."

의사로서 환자에게 병을 낫게 하겠다고 장담하는 것. 의사들이 쉽게 결정할 수 있는 일은 아니었다.

"교수님, 정말입니까?"

"네, 반드시 우리 다빈이 신나게 뛰어다닐 수 있도록 하겠습니다.”

김윤찬의 눈에 자신감이 가득 담겨 있었다.

“정말 감사합니다! 정말 감사해요! 저, 하루도 맘 편히 잠을 잘 수가 없었어요. 못난 엄마를 만나 우리 다빈이가 이토록 고생하는구나 싶어서……요.”

흑흑흑, 다빈 엄마가 북받치는 설움에 울음을 쏟아 냈다.

“아니에요. 다빈이 병은 어머님 잘못이 아닙니다. 그러니 그런 죄책감 가지실 필요 없습니다. 제가 반드시 건강한 심장으로 만들어 놓겠습니다.”

“네, 선생님! 우리 다빈이 꼭 좀 살려 주세요.”

다빈 엄마가 김윤찬의 두 손을 꼭 잡았다.

“네, 그러면 제가 하나만 여쭙겠습니다. 장영은 선생을 어떻게 해 드리면 좋을까요? 어머님이 원하시면 다른 선생으로 바꿔 드리도록 할게요.”

“아니요, 아니요! 그런 말씀 마세요! 우리 다빈이, 장영은 선생님 아니면 절대 안 돼요! 우리 아이가 장 선생님을 얼마나 좋아하는데요!”

다빈 엄마가 정색하며 손을 내저었다.

“거참 신기하군요. 보통 아이들은 의사 선생님을 무서워하는데…….”

김윤찬이 고개를 갸우뚱거렸다.

“맞아요. 저도 다빈이 이런 모습 처음이거든요. 저렇게 밝게 웃는 아이 모습을 최근에 본 적이 있나 싶네요. 요즘은 밥도 잘 먹고, 잘 웃고 신기해 죽겠어요! 이 모든 게 장영은 선생님 덕분이에요."

다빈 엄마가 입에 침이 마르도록 장영은을 칭찬했다.

"그래요? 진짜 신기하네요. 장 선생이 무슨 요술이라도 부렸나?"

녀석! 기특하네. 이제 의사는 손보다 가슴이라는 걸 알았으려나?

음, 이제 가슴은 확인해 봤으니, 손을 좀 확인해 볼 차례인가?

김윤찬이 고개를 끄덕거렸다.

그날 밤, 하늘공원.

늦은 시간, 중환자실에서 나온 장영은이 고개를 숙인 채 바닥을 내려다보고 있었다.

김윤찬이 몰래 다가가 그런 장영은의 뒤에 섰다.

"바닥에 떨어진 돈이라도 있나 보지?"

"앗! 교수님!"

깜짝 놀란 장영은이 자리에서 벌떡 일어났다.

"그래. 돈 좀 주웠나? 가끔 보면 5백 원짜리 동전도 보이더군. 자, 이거나 마셔."

김윤찬이 장영은에게 캔 커피 하나를 내밀었다.

"감사합니다."

장영은이 두 손으로 캔 커피 받아 들며 멋쩍은 미소를 지었다.

"많이 힘들지?"

김윤찬이 온화한 미소를 지으며 장영은의 근처에 있던 의자에 앉았다.

"벌서니? 앉아."

장영은이 멍하니 서 있자, 김윤찬이 앉으라며 손짓했다.

"네."

"이렇게 당 떨어질 땐 단 것이 당기기 마련이지. 마시자고."

"네, 잘 마시겠습니다."

딸깍, 그제야 장영은이 캔 커피를 땄다.

"다빈이는 좀 어떤가?"

"많이 좋아지긴 했는데, 워낙 체력이 약한 아이라 좀 더 시간이 필요할 것 같습니다."

"그래? 다빈이 같은 케이스는 신생아 때 제대로 수술을 받았어야 했는데, 그렇지 못한 게 못내 아쉬운 환자야."

팔로사징의 경우, 선천성 심장병의 약 10%를 차지하는 흔한 질병으로, 신생아 때 제대로 된 수술을 받으면 평생 건강하게 살 수 있는 병이다.

그러나 그렇지 못한 경우엔 생후 6개월 안에 30%, 2년 안에 50%가 사망하는 무서운 질병이었다.

다빈의 경우는 몇 차례 수술을 받았으나 그 예후가 좋지 못했고, 이런저런 병원을 전전하다 마지막이라는 심정으로 연희병원을 찾았던 것.

"네, 교수님. 저도 그렇게 생각합니다. 다빈이 수술 이력을 살펴보니, 초기에 수술이 제대로 이뤄지지 않았던 것 같아요."

"그래? 지난 수술 자료까지 확인했나?"

"네. 다빈이가 지금 6살인데, 왜 여태까지 고생을 하고 있나 너무 궁금해서 좀 알아봤습니다."

"그렇군. 흉부외과 의사로서 아주 좋은 자세야. 그러면 내가 장 선생한테 뭐 하나만 물어봐도 되겠나?"

"네, 말씀하십시오. 교수님!"

"그렇게 자료를 분석했다니 물어보는데, 그러면 다빈이 수술이 뭐가 잘못되고 어떻게 했어야 수술이 성공적이었을지도 설명할 수 있을 것 같군?"

김윤찬이 호기심 어린 눈빛으로 장영은을 쳐다봤다.

"음……. 가장 큰 실수는 수술 시기를 잘못 잡았다는 점 같아요."

김윤찬의 질문에 장영은이 잠시 머뭇거리다 입술을 뗐다.

"수술 시기?"

"네. 다빈이의 경우, 첫 수술을 1년 5개월이 지나서 했는데, 그게 좋지 못한 선택이었다고 생각합니다."

"뭐, 팔로사징의 경우, 환아 상태에 따라 생후 1년 후에 하는 것이 통상적이지 않나?"

"네, 뭐. 기존엔 그렇게 해 왔고 상태에 따라서 그렇긴 하지만, 전 생각이 다릅니다."

대화가 진행되자 장영은의 어조가 점점 확신에 차 있었다.

"생각이 다르다? 좀 더 설명해 봐."

후룩, 김윤찬이 캔 커피를 한 모금 베어 물며 물었다.

"교수님의 말씀대로 개월 수가 낮을수록 심장의 크기가 작아 수술이 어렵고, 부작용 또한 심할 수 있기에 어느 정도 시간이 흐른 뒤에 수술하는 것도 맞긴 하지만……."

"하지만 뭔가? 심장이 작을수록 그만큼 수술은 까다로워질 수밖에 없잖아?"

"네, 까다롭지만 불가능한 건 아니라고 생각합니다. 아이의 고통을 줄이고, 최대한 수술 횟수를 줄이기 위해서라도 즉시 수술했어야 했는데, 그렇지 못했다고 생각합니다."

"제법이군."

"아닙니다, 교수님. 아직 많이 모자랍니다."

"하하하, 당연히 모자라지! 장 선생이 완벽하면 난 뭐 먹고 살아, 이 사람아!"

"아, 네. 죄송합니다."

장영은이 민망한 듯 얼굴을 붉혔다.

"좋아. 그러면 내가 좀 더 실무적으로 뭐 하나만 물어보도록 하지."

김윤찬이 자리를 돌아앉아 본격적인 질문 세례를 퍼부으려 하자, 장영은의 얼굴에 긴장한 기색이 역력했다.

"아, 네. 제가 교수님의 질문에 만족할 만한 답을 드릴 수 있을지는 모르겠지만, 최선을 다하겠습니다."

장영은이 허리를 꼿꼿이 세운 채, 각을 잡고 앉았다.

"좋아! 자신만만해 보이니 물어볼게. 왜 다빈이는 폐동맥에 협착이 재발한 건가?"

"……."

김윤찬의 질문에 장영은이 잠시 머뭇거렸다.

"왜? 내가 너무 깊이 들어갔나? 좀 더 풀어서 말해 주지. 팔로사징의 경우 우심실……."

"우심실에 생긴 비정상적으로 비대해진 근육을 제대로 제거하지 못해서 그렇습니다."

장영은이 곧바로 자신의 의견을 피력했다.

"뭐야? 다 알고 있으면서 왜 바로 말 안 했어?"

조금은 놀란 표정의 김윤찬.

"죄, 죄송합니다. 교수님 앞에서 제가 괜히 건방지게 설치는 것 같아서요. 교수님의 질문의 요지를 정확하게 파악하려고 잠시 생각을 가다듬었는데, 우심실이라는 말을 듣자마자 제 생각이 맞는 것 같아서……."

장영은이 민망한 듯 고개를 숙였다.

이 녀석 봐라?

"하하하, 이 사람아! 건방지긴? 아는 건 안다고 말해야 인정해 주는 세상인 걸 왜 몰라? 앞으로는 그런 걱정 하지 말고 장 선생이 생각한 대로 거침없이 말해도 좋아. 난 그런 사람을 좋아해. 머뭇거리는 건 재미없거든?"

"헤헤헤. 네! 알겠습니다, 교수님."

휴, 그제야 장영은이 안도의 한숨을 내쉬었다.

"좋아, 이왕 질문한 김에 하나 더 묻지! 가장 복잡한 케이스가 될 수도 있는데, 심장의 심실이 단심실일 경우, 어떻게 해야 하나?"

"음, 폐동맥 협착이 있는 경우와 없는 경우에 수술을 하는 방식이 다릅니다."

"호우, 맞아. 어떻게 다르지?"

김윤찬이 점점 더 흥미로운 표정을 지었다.

"폐동맥 협착이 동반될 경우, 치폐 단락 수술을 해서 정맥으로 피가 원활하게 순환될 수 있도록 해야 하고, 단순히 폐동맥 협착이 없는 경우에는 폐동맥 고혈압의 유무에 따라 말초 폐동맥 손상이 생기지 않도록 해야 합니다. 최소 생후 6개월 안에 폐동맥을 밴딩(묶어 줌)해 주는 수술을 해야 한다고 알고 있습니다."

"굿! 좋아! 아주 좋은데?"

장영은의 설명에 만족한 듯 김윤찬이 입가에 함박웃음을 지었다.

"헤헤헤. 제가 제대로 알고 있는 건지 모르겠네요."

"그러면 마지막으로 물어볼게. 다빈이 케이스는 어디에 해당되나?"

"네, 전자입니다! 폐동맥 협착이 생각보다 심각했는데, 수술이 제대로 이뤄지지 못해서 여전히 정맥으로 피가 원활하게 순환되지 못하고 있습니다. 치폐 단락 수술을 다시 해야 한다고 생각합니다!"

"하하하, 뭐, 이 정도면 다빈이 수술을 맡아도 되겠는걸."

"아, 아닙니다. 교수님! 제가 감히 어떻게 수술을……."

"장 선생! 뭔가 단단히 오해를 하고 있나 본데, 수술은 내가 해. 누가 자네보고 칼 잡으라고 했어?"

하하하, 김윤찬이 어이없다는 듯이 환하게 웃었다.

"아, 네! 어휴, 전 교수님이 저보고 집도하라는 줄 알고 눈앞이 캄캄했어요!"

"에이, 나 그렇게 무식한 인간 아니야."

"아, 네."

"다만! 장영은 선생이 이번 수술에서 나 좀 도와줘."

"물론이죠! 교수님 수술방에 들어가게만 해 주신다면, 뭐든 다 하겠습니다. 저 이래 봬도 힘쓰는 일도 잘하고, 잡일도 잘할 수 있습니다. 뭐든 시켜만 주십시오."

"그래. 내가 봐도 다 잘할 것 같으니까, 다빈이 수술할 때, 퍼스트에 서."

"네. 알겠습……. 네? 퍼, 퍼스트라고요??"

깜짝 놀란 장영은이 그 큰 눈을 껌벅거렸다.

♥

그리고 이 주일 후, 다빈의 팔로사징 수술이 시작되었다.

명불허전, 팔로사징 분야에서 국내는 물론 해외에서도 김윤찬의 실력을 따라올 써전이 거의 없는 만큼, 다빈의 수술은 성공적이었다.

하지만 이날만큼은 현란한 수술 솜씨를 보인 김윤찬조차도 조연에 불과했다.

김윤찬의 연구실.

수술을 마친 후, 마취과 정숙면 교수가 커피를 마시기 위해 김윤찬의 연구실로 찾아왔다.

"오늘 수술 정말 멋졌다. 진짜 최고였어! 김 교수!"

"뭐, 그렇게까지 칭찬받을 만한 일을 한 것도 아닌데 뭐."

"아니긴, 어떤 돌팔이 같은 인간이 판막을 그따위로 박아놔? 이미 딱딱하게 굳어서 기능도 제대로 못 하게 만들어 놨잖아."

"음, 뭐. 폐동맥 인공판막의 최대 약점이 그 부분이긴 해."

"그런 면에서 오늘 김 교수 수술은 진짜 혁신적인 거 아냐? 이제 가슴 안 열어도 되잖아?"

가슴 절제 없이 다리 정맥을 통해 스텐트를 삽입해 부착하는 형식이었다. 부작용을 최소화할 수 있다는 것이 장점이었다.

"뭐, 연구하다 보니 그렇게 되더라."

"아무튼 대단해! 돼지 심장외막을 이용할 생각은 어떻게 한 거냐?"

"뭐. 돼지가 유전적으로 인간하고 상당히 유사하다는 건, 너도 이미 알잖아?"

"그렇긴 한데, 이렇게 이식 거부반응이 없을 줄은 몰랐네? 아무튼, 기존 인공판막에 비해 혁신적인 건 틀림없어! 대단해, 정말!"

정숙면 교수가 입에 침이 마르도록 김윤찬을 칭찬했다.

"그만해, 부끄러우니까."

"크크크, 부끄럽긴? 이제 곧 FDA에서 인정하면 떼돈을 벌 수 있을 텐데 말이야! 진짜 부럽다."

진짜 부러운 듯, 정숙면 교수가 입맛을 다셨다.

"됐거든? 그건 그렇고 우리 꼬맹이는 어땠어?"

김윤찬이 민망한지 화제를 바꿨다.

"꼬맹이? 아, 장영은 선생?"

“그래, 장영은 선생!”

“맞아, 맞아. 걔 뭐냐, 진짜?”

정숙면 교수가 들고 있던 커피 잔을 내려놓았다.

“뭐긴? 우리 흉부외과 레지던트지.”

“그러니까, 걔 뭐냐고? 무슨 수련의 주제에 수술에 대한 이해도가 이렇게 프로급이냐고? 손에 칼 쥐여 줘도 될 것 같던데?”

“정 교수가 보기도 그런가?”

김윤찬이 입가에 흐뭇한 미소를 띠었다.

“뭐, 김 교수 수련의 때 정도는 아니더라도, 최소한 펠로우급 실력은 되던 것 같은데?”

“에이, 그 정도는 아니야.”

“아니, 아니야. 수술 전체를 제대로 이해하고 있던 것 같은데? 장영은 선생, 퍼스트에 자주 세웠던가?”

“아니, 오늘 처음인데?”

“뭐? 뭐라고??”

푸읍, 하마터면 정숙면 교수가 마시고 있던 커피를 뿜을 뻔했다.

“오늘 처음 퍼스트에 섰다고.”

“진짜야? 그런데 그렇게 침착하다고? 양 심방 사이에 개구부가 생긴 것도 정확히 알고 있던 것 같은데? 그걸 미리 알고 대처할 수 있다는 게 레지던트가 가능한 일이냐고?”

"뭐. 공붓벌레긴 해. 수술방에 들어오기 전에 공부했나 보지."

"아무리 그래도 그렇지. 그게 단순히 이론적으로 안다고 되는 게 아니잖아."

"후후후, 그건 그래."

"아무튼, 김 교수 과에 간만에 괴물 하나 탄생하는 건가?"

정숙면 교수가 여전히 흥분을 가라앉히지 못했다.

"뭐, 실력은 모르겠지만 환자 대하는 걸 보니까 최소한 이건 제대로 박혀 있더라?"

톡톡, 김윤찬이 자신의 왼쪽 가슴을 건드렸다.

"음, 써전으로서 인성은 갖추고 있다는 건가? 이 정도 열정에 그게 갖춰져 있다면야, 김 교수 맘에 안 들려야 안들 순 없겠구먼."

정숙면 교수가 고개를 끄덕였다.

"맞아. 좀 더 두고 봐야 하겠지만."

하지만 김윤찬은 여전히 신중한 태도를 유지하고 있었다.

"아무튼 놀라운 일이야. 당신 같은 의사는 1백 년 내에는 없을 거라 장담했는데 말이야. 잘하면 내 손모가지 하나 날아갈지도 모르겠군."

정숙면 교수가 오른손을 만지작거리며 혀를 내둘렀다.

"그러니까 함부로 장담 같은 거 하지 마. 이 세상에 절대라는 건 없으니까. 아무튼 자네도 우리 장 선생 잘 좀 도와줘. 괜히 갑질 같은 거 하지 말고."

"야, 우리 마취과가 무슨 갑질을 했다고 그래?"

"우리 좀 솔직해지자. 외과에서 너희 과 눈치 안 보는 과가 어디 있어? 이건 뭐, 레지던트들도 목을 빳빳하게 세우고 다니는 거 보면 솔직히 빈정 상하거든?"

"큭큭큭, 그야 뭐. 우리 과가 일당백으로 뛰는 건 사실이잖아. 격무에 그 정도 사치도 못 누리면 좀 억울하지 않냐?"

정숙면 교수가 당연하다는 듯이 어깨를 으쓱거렸다.

"좋아, 좋아. 다 좋은데, 뭐, 군대도 아니고 너네 과가 야유회를 가는데 왜 우리 과가 더 바쁜 건지 난 도저히 모르겠거든?"

"그래그래. 나도 애들한테 말은 전하마. 근데 그게 잘될지는 나도 모르겠다? 알아서 기는 건데, 난들 어쩌라고?"

큭큭큭, 정숙면 교수의 표정을 보니 은근 즐기는 표정인 듯했다.

그렇게 다빈이의 팔로사징 재수술은 성공적으로 마칠 수 있었다.

장영은의 놀라운 가능성을 발견한 건 덤이었다. 아니, 덤이라고 하기보단, 생각지도 못한 횡재라고 해야 좀 더 어울릴 것 같긴 하지만.

김 할머니 자택.

조병천 원장의 아내이자 연희병원의 실질적인 권력자 윤미순의 마음을 사는 데 성공한 김윤찬.

그가 김 할머니의 부름을 받고 그녀의 자택을 찾아갔다.

잠시 후, 저녁 식사를 마친 김 할머니와 김윤찬의 대화가 본격적으로 시작되었다.

"윤찬이, 너 미순이 갸한테 무슨 짓을 한 거니? 그 애가 나랑 밥 먹으면서 네 얘기를 몇 번이나 한 줄 아니?"

홀홀홀, 김 할머니가 숟가락으로 반건조 홍시를 긁어 먹으며 만족스러운 표정을 지었다.

"아뇨. 잘 모르겠습니다."

"자그마치 28번이나 네 이름을 입에 담더라. 그 애미나이 지 애비한테도 그렇게 애틋하진 않았을 기야. 대체 무슨 수작질을 한 거이야?"

김 할머니가 눈을 가느다랗게 뜨며 물었다.

"수작질이라뇨? 그런 거 없습니다. 뭐 별달리 한 건 없고요, 그냥 모임에 오라고 하셨고, 가서 맛있게 밥 한 끼 먹고 왔을 뿐입니다."

"큭큭큭, 그날 재밌는 구경거리가 있었다면서? 요새 내가 하도 심심해서 죽을 맛이었는데, 그 재밌는 걸 못 봐서 아쉽

다야."

김 할머니가 숟가락으로 홍시 속살을 두툼하게 건져 올려 내고는 만족스러운 표정으로 오물거렸다.

김 할머니 역시, 장길수 검사에 대해 알고 있었던 모양이었다.

앉은 자리에서 천 리를 내다본다는 말이 괜한 말은 아닌 듯싶었다. 대한민국의 모든 정보는 김 할머니로 통한다는 그 말을 실감하는 순간이었다.

"아, 그래요? 그날 행사장에서 난리가 나긴 했었죠. 장길수 검사 와이프가 찾아와서 소동이 좀 있었습니다."

"홀홀홀, 맞다, 맞아! 아주 그 마누라쟁이가 보통이 넘어가, 홀딱 벗겨 쫓겨났다는 소문이 파다해."

"그런가요?"

"너지? 윤찬이 네가 그 마누라쟁이를 거기로 불러와서 장길수 그 간나새끼, 갸 망신 준 거 아이가?"

축 늘어진 김 할머니의 눈꺼풀 사이로 날카로운 눈빛이 새어 나왔다.

"아뇨. 그럴 리가요? 전 모르는 일입니다, 어머님!"

김윤찬이 여유로운 표정으로 손을 내저었다.

"기래? 네가 내 귀나 눈구녕은 어찌 속일진 몰라도 내 돈은 못 속여! 말해라. 네가 그랬니?"

네, 제가 잡았죠. 그 인간, 지난날 갚아야 할 빚이 좀 있어서요. 그 빚도 갚고, 어머님 미션도 해결하려면 어쩔 수 없었습니다.

"하하하, 그러면 어머니 귀하고 눈은 속인 건 맞네요? 뭐, 그거면 된 것 아닙니까? 장길수 검사하고는 일면식도 없는 사이라, 제가 그분을 곤경에 빠뜨릴 이유가 없으니까요. 아무튼, 전 모르는 일입니다."

김윤찬이 끝까지 발뺌하며, 자신과의 연관성을 부인했다.

"하여간 그 종간나 새끼도 언젠가는 이렇게 사달이 날 줄 알았어야. 나랏일 한다는 놈이 X대가리나 함부로 놀리고 다니고, 그기 인생 파이야. 더 이상 재기하기 힘들 거이야."

'그 쓰레기 같은 인간 이름을 입에 올리니까, 비위가 상하는구나.'

"야야, 이거 치우고, 작설차나 내오라."

퉤퉤퉤, 김 할머니가 접시를 들어 홍시 껍질을 뱉어 내며 김 집사를 불렀다.

잠시 후.

홍시 그릇이 나가고 김 집사가 작설차를 내오자, 은은한 향이 방 안 가득 퍼지기 시작했다.

"마시라. 향이 아주 좋아."

김 할머니가 김윤찬에게 작설차를 권했다.

"네, 어머니. 잘 마시겠습니다."

그러자 김윤찬이 조심스럽게 찻잔을 들어 올려 향을 음미

했다.

"향이 좋지?"

"네, 어머니. 참 좋네요."

"고럼, 고럼. 내래 요즘 손발이 차서 이걸 아침저녁으로 마신다야."

"네, 잘하셨어요. 작설차에는 퀘르세틴, 루틴이 풍부해서 모세혈관 건강에 좋고, 타닌, 사포닌에 엽산, 비오틴 등등……."

"됐다! 잘난 척 그만해라. 내가 까막눈이라고 꼬부랑글씨 씨불이면서 놀리는 거니?"

김 할머니가 눈을 흘기며 투덜거렸다.

"후후후, 네. 죄송해요. 그냥 아침저녁으로 따뜻하게 드시면 좋은 겁니다."

"홀홀홀, 알았다. 그나저나, 니 이걸 왜 작설차라고 하는 줄은 아니?"

참새 혀와 닮은 찻잎으로 만든 차. 곡우에서 입하 사이에 차나무의 새싹을 따 만든 한국의 전통차다.

"네. 참새 혀와 비슷한 찻잎으로 만들어서 작설차라고 한다고 알고 있습니다."

"고래. 잘 아는구나. 예부터 곡우와 입하 사이에 품질 좋은 어린잎을 따서 만든 거이 이기야."

김 할머니가 찻잔을 들어 입술을 가져다 댔다.

"네, 예로부터 귀한 차라고 하더군요."

"당연하지. 귀하디귀한 차지. 그러니까 너한테 내놓는 거 아니니. 지석이 그놈아가 와도 안 내놓는 차야."

"아이고, 영광이에요. 어머니."

"그래그래. 옛날부터 이런 말이 있어. 곡우에 보통 못자리를 마련하면서 농사가 시작되는데, 곡우에 비가 오면 풍년이 든다는 말이 있다. 그만큼 곡우가 농사꾼들에겐 중요한 시기지."

"네에."

"보통 그 무렵에 농사꾼들은 부정 탄다고 초상집에도 안 가고, 몸가짐을 단디 하거든."

"아, 그래요?"

"농사꾼들이 볍씨를 가마니 속에 담아 두고 솔잎으로 감춰 두는데, 그 이유가 부정한 사람이 볍씨를 보거나 만지면 그 해 농사를 망친다고 생각해서 그러는 기야."

"아, 그런 게 있었나요?"

"고럼, 고럼. 그만큼 농사꾼들한테 곡우는 신성한 날이야. 근데, 바로 그 시기에 작설차 잎을 따기 시작하는 거지."

"아, 정성이 많이 들어가겠군요?"

"말해 뭐 하니? 당연히 그렇디. 온갖 정성을 기울여 작설차 잎을 따는 기야. 그러니 이 작설차가 얼마나 귀하겠니?"

홀홀홀, 김 할머니가 조심스럽게 작설차 한 입을 베어 물었다.

"네, 그렇군요."

"그래서 말인데……. 그렇게 정성스럽게 잎을 따 놨으면, 이제부터는 잘 말려야 하지 않겠니?"

찻잔을 내려놓은 김 할머니가 입가에 야릇한 미소를 띠었다.

잎을 땄으면, 잘 말려라?

그 모습에 김윤찬이 살짝 고개를 갸웃거렸다.

"윤미순이를 네 사람으로 만들었으면, 이제 질 좋은 작설차 잎은 확보한 거나 진배없어. 이제부턴 잘 말려서 품질 좋은 작설차를 만들어야 하지 않겠니? 그러려면 그 잎을 잘 말려 줄 일꾼이 필요하지 않겠니?"

"무슨 말씀이신지……."

"다음은 도한이 차례야. 그놈아를 네 사람으로 만들어라."

김 할머니가 찻잔을 옆으로 밀어 놓으며 눈을 빛냈다.

"산부인과, 도도한 교수를 말씀하시는 겁니까?"

"고럼, 그 특이한 이름이 산부인과 도한이 말고 또 있더냐?"

"그 사람을 제 사람으로 만들라고요?"

"그래. 그놈아가 아직 시퍼런 이파리를 이렇게 맛있는 작설차로 만들어 줄 놈이야. 고럼!"

"그 사람은 골수까지 파란 물로 물든 사람 아닙니까?"

“고렇지! 아주 자기가 무슨 신라 시대 성골쯤으로 아는 아이지.”

“…….”

“왜? 자신 없나?”

김윤찬이 말이 없자 김 할머니가 슬쩍 떠보았다.

“아, 아닙니다. 뭐, 한번 해 보죠.”

“그래그래, 이제부터 시작이야. 잘 한번 해 봐라.”

“네.”

산부인과 도도한 교수라…….

뼛속까지 연희의 자부심에 빠져 있는 인간. 이사장인 윤미순의 부친과 도도한 교수의 부친인 도정균과는 둘도 없는 친구 사이이다.

윤미순을 제외하곤 윤 이사장이 가장 신뢰하는 연희의 적자, 도도한.

그래! 난 지금까지 한상훈과 귀남이만 신경 쓰다 보니, 이 사람을 너무 간과하고 있었다!

김 할머니의 집에서 나온 김윤찬이 지그시 눈을 감으며 지난날을 떠올렸다.

회귀 전, 그날

연희대학교 고함 교수 장례식장.

김윤찬이 소속되어 있는 흉부외과 수장이자, 연희병원 최고의 칼잡이로 통하는 백전노장 고함 교수가 뇌출혈로 사망했다.

김윤찬은 그를 조문하기 위해 장례식장을 찾았다.

김윤찬, 연희대학교 흉부외과 교수. 지잡대 출신으로 최초의 정교수는 물론, 최초로 심장 센터장 후보에 오른 입지전적인 인물이다.

큰 키에 잘생긴 외모지만, 다크서클이 턱 밑까지 내려올 정도로 피곤에 전 모습이었다.

"윤찬아! 여기야."

김윤찬이 상주와 조문을 마치고 나오자 문상객 중 하나가 손을 흔들었다. 그는 김윤찬과 절친인 이택진이었다.

“어, 택진아! 장대한 선배님도 오셨네요?”

김윤찬이 환한 표정으로 손을 흔들며 그들에게 달려갔다.

“오! 차기 심장 센터장! 반가워!”

“아직은 아니에요. 최종 결과가 나올 때까지는 모릅니다.”

“에이, 겸손 떨 거 없어. 거의 확정적이지 않나?”

장대한이 고개를 내저었다.

“돼야 되는 거죠. 소문을 듣자 하니 선배는 아주 돈을 갈퀴로 긁어모은다면서요?”

장대한은 연희병원에서 나와 심장 클리닉을 운영하고 있었다.

“뭐, 그냥. 입에 풀칠하는 정도지. 들어간 돈이 많아서 그거 뽑으려면 아직 멀었어.”

장대한이 볼멘소리를 하며 엄살을 떨었다.

“어휴, 그 풀칠 나도 좀 해 봤음 좋겠네요. 그나저나 돈 벌기 바쁠 텐데 왕림해 주셨네요?”

“은사님이 돌아가셨는데 당연히 와야지. 그나저나 김 교수, 문상을 왔으면 옷은 좀 제대로 입고 와야 하는 거 아냐?”

후줄근한 티셔츠에 청바지 차림의 김윤찬. 확실히 문상을 올 법한 조문객의 복장은 아니었다.

장대한이 인상을 찌푸리며 김윤찬의 옷차림을 훑어 내렸다.

“선배님, 배부른 소리 하지 마세요. 하루에 심장 수술 세 번 해 보세요. 소독약 뺄 시간도 없어요. 이렇게 올 수 있는 것만 해도 감지덕지죠.”

“뭐? 수술을 세 번 했다고?”

“네. 들어는 봤습니까? 삼시 세 번 수술이라고?”

“하하하, 무지막지하구나? 뭐. 그래도 이제 심장 센터장에 취임하면 그것도 다 추억거리가 되겠지.”

“어휴, 선배님! 설레발은 필패라고 했습니다. 최종 결정 날 때까지만 좀 부탁드려요. 그나저나 배고파 죽겠네. 야, 택진아! 그거 안 먹냐?”

김윤찬이 자리에 앉아 주변을 두리번거리더니 이택진 앞에 놓인 육개장을 가리켰다.

“왜? 설마 먹게?”

“당근이지. 오늘 아무것도 못 먹었어. 안 먹을 거면 내가 먹는다?”

김윤찬이 이택진 앞에 놓인 육개장을 냉큼 집어 들었다.

후루룩, 후루룩.

육개장 그릇을 들고 게걸스럽게 먹기 시작하는 김윤찬. 게 눈 감추듯 육개장 한 그릇을 비워 버렸다.

“와, 누가 보면 걸신들린 줄 알겠네? 아주 그 뜨거운 걸 들이붓는다, 부어?"

그 모습을 지켜보던 이택진이 혀를 내둘렀다.

"야, 팔자 좋은 너희야 좋은 데 가서 좋은 음식들 먹어 가면서 탱자탱자 살지 모르지만, 나는 가능하면 먹을 수 있을 때 곱창 채워 놔야 해. 언제 콜 떨어질지 모르거든?"

"와, 아무리 그래도 이건 좀 심한 거 아니냐? 좀 천천히 먹어라. 그러다 식도 다 녹겠다."

"그래? 천천히 먹을 테니까, 콜 떨어지면 네가 대신 가서 수술해 줄래?"

"얘가, 얘가! 무슨 그런 공포스러운 말씀을 하실까? 그거 하기 싫어서 독립했는데."

"그럼 쓸데없는 소리 말고 거기 수육이나 줘. 저 여기요! 여기 육개장 한 그릇 더요!"

한 그릇을 뚝딱 해치운 김윤찬이 손을 흔들었다.

"또 먹어?"

"먹을 수 있을 때 쟁여 두는 거야."

김윤찬이 게걸스럽게 수육을 흡입했다.

"어, 한상훈 교수 기사 떴네?"

바로 그 순간이었다. 핸드폰을 뒤적거리던 장대한이 목소리 톤을 높였다.

그래! 이번엔 네가 가져라. 다음에 그 자리는 내 차지가 될 거니까.

한상훈이란 단어에 김윤찬이 입가에 미소를 띠더니, 이내 수육을 먹기 시작했다.

[불의의 교통사고로 사경을 헤매던 주한미국 대사, 마이클 커리! 연희대 부속병원, 한상훈 교수가 극적으로 살리다]

……라는 헤드라인 기사였다.

"되는 인간은 어떻게든 되는구나? 이렇게 되면 호랑이에 날개를 달아 준 셈 아니냐? 그 처세술에 이 유명세면 연희 차기 원장은 한상훈 선배가 되는 건 시간문제지?"

"선배, 좀 조용히 해요."

이택진이 장대한을 향해 눈을 찡긋거리며 턱짓으로 김윤찬을 가리켰다.

"아, 알지, 나도! 그 수술 윤찬 교수가 전부 집도했다는 거. 우리 중에 그거 모르는 사람이 어디 있냐?"

장대한이 주변을 두리번거리며 너스레를 떨었다.

"맞아요. 재주는 곰이 부리고 돈은 엄한 놈이 챙긴다더니, 김윤찬 교수가 아니었으면 저 사람 못 살렸지. 암!"

또 다른 교수들이 맞장구를 치며 김윤찬의 비위를 맞췄다.

"당연하지. 이건 뭐, 노래 못 하는 유명 가수 대신 노래 불러 주는 그림자 가수도 아니고. 정말 이런 식으로 해도 되는 거냐? 안 그래, 김 교수?"

장대한이 오만상을 찌푸리며 김윤찬을 향해 말했다.

"근데 말이에요. 대한 선배 그거 알아요?"

그러는 사이, 한 남자가 장대한에게 다가가 귀엣말로 속삭였다.

"뭔데?"

"사실, 한상훈 교수도 허수아비라는 소리가 있어요. 뒤에서 이 모든 것을 조정하는 막후 실력자가 있다는 소문이 파다합니다."

"막후 실력자? 그게 누군데? 실력자라면 소아과의 김귀남 과장 아냐?"

"그게……. 표면적으로는 그런데, 정확한 건 아닌가 봐요. 진짜 실력자는 산부인과 도도한 과장이랍디다."

남자가 주변을 두리번거리더니 목소리 톤을 낮췄다.

"음, 도도한 과장이라……. 그 조선 시대 샌님같이 고고한 양반이??"

"에이, 그건 대한 선배가 몰라도 완전 몰라서 그래요. 겉보기에만 그렇지, 아주 야망이 대단한 인물이라고요. 한상훈 교수는 갖다 대지도 못해요."

"그, 그래? 도 과장이 그런 면이 있다고?"

"그럼요! 한상훈 교수는 아무것도 아니래요."

"와……. 그래? 진짜 새카맣게 몰랐네."

장대한이 잠시 생각에 잠기더니 고개를 끄덕거렸다.

산부인과 도도한 과장?

상관없다. 한상훈이든, 윤미순이든, 도도한이든.

난 그까짓 명예욕은 눈곱만큼도 없어. 그저 새로 생기는 심장 센터나 내 손에 들어오면 돼. 그리고 그다음엔…….

자기도 모르게 입가에 미소가 스며드는 김윤찬이었다.

"뭐, 전부 우리 병원을 위한 일인데요."

김윤찬은 대수롭지 않다는 듯이 싱긋거렸다.

"와! 너 진짜 비위 좋다. 아무튼 저 인간 너무하네. 공은 네가 다 세웠는데, 전부 가로채는 게 얼마나 얄미운지."

바로 그 순간이었다.

"다들 와 있었네?"

말끔한 검은색 슈트 차림의 남자가 빈소 안으로 들어왔다. 그는 조금 전까지 화제의 중심이 되었던 한상훈이었다.

"와! 이게 누구십니까? 연희병원 차기 원장님 아니십니까!"

장대한이 자리에서 벌떡 일어나더니, 빛의 속도로 한상훈에게 달려갔다.

"에이, 무슨 소리야. 그런 말 하지 마. 누가 들을까 겁나."

쑥스러운 듯, 한상훈이 손을 내저었다.

"아니죠! 대한민국에 한 교수님을 따라갈 의사가 어디 있습니까? 이번에 미국 대사 극적으로 살렸는데, 차기 원장 자리는 따 놓은 당상이죠. 암요!"

좀 전과는 다르게 180도 태도를 바꾸는 장대한이었다.

순식간에 사람들이 몰려가 한상훈 주위를 포위(?)했다.

“야, 택진아! 너도 가서 끼어야 하는 거 아니냐? 괜히 내 눈치 볼 거 없어.”

김윤찬이 우물쭈물 엉덩이를 들썩거리는 이택진을 툭 건드렸다.

“아니, 그런 게 아니라…….”

“괜찮아, 인마. 가서 붙어. 그래야 나중에 뭐라도 하나 떨어지지 않겠냐? 네 새끼들 미국 유학 중이라며? 돈도 많이 들어갈 텐데. 벌 수 있을 때 바짝 벌어야 할 것 아냐?”

“그, 그래. 사실 너네 병원이 우리 병원 상급 병원 아니냐. 아무래도 한상훈 교수가 원장이 되면 눈치 좀 봐야 해서 말이야. 진짜, 진짜 내가 내켜서 그런 거 아니다?”

“알았다고. 그러니까 빨리 가 보라고. ……붙어먹어야지. 그래야 너도 살아.”

김윤찬이 수육을 우물거리며 혼잣말을 했다.

“어? 뭐라고?”

홍당무처럼 벌게진 이택진의 표정.

“아니에요, 아무것도. 얼른 가 보세요.”

김윤찬이 이택진을 향해 손을 내저었다.

“아, 알았어. 그럼 나 먼저 일어날게.”

이택진이 기다렸다는 듯이 자리에서 일어났다.

"김윤찬 교수, 왔네? 수술 잡혀 있어서 못 올 줄 알았는데."

한동안 동료들한테 식사 대접을 받던 한상훈이 김윤찬의 옆자리에 앉았다.

"네. 다행히 수술이 일찍 끝났습니다."

"그럼 그렇지. 천하의 김윤찬이 그깟 다이섹(대동맥 박리) 하나 못 잡을 리가 없지."

"그 정도는 아니고요."

"그나저나, 지난번 마이클 수술은 김 교수 공이 커. 내가 따로 사례할게."

"아닙니다. 그냥 병원을 위해서 한 일인데요, 뭐."

"맞아! 우리 김윤찬 교수는 병원 일에 언제나 최선을 다하는 사람이었지. 그 점 높이 평가해."

"과장님이 그렇게 생각해 주신다면 고맙죠. 아니 이젠 원장님이라고 불러야 하나요?"

"하하하, 에이, 아직은 일러. 그나저나, 내가 김 교수한테 부탁 하나 하려고 하는데 될까? "

"뭐, 원장님이 시키는 거라면 당연히 해야 하는 것 아니겠습니까? 말씀하십시오."

김윤찬이 흔쾌히 한상훈의 제안을 받아들일 의사를 내비쳤다.

"좋아! 마음에 걸리는 게 좀 있었는데, 그렇게 말해 주니

고맙네. 그러면 편하게 말하겠네."

"네, 병원을 위하는 일이라면 뭐든 할 수……."

"너도 알지? 제임스 정이라고 존스홉킨스에서 근무하는?"

"알죠. 흉부외과 써전이 그 사람을 모르려야 모를 수가 있나요?"

"그렇지? 워낙 실력이 출중한 써전이니까. 그래서 말인데, 이번에 우리 병원으로 모시기로 했어."

"어? 어. 그, 그래요? 잘됐네요. 실력 있는 사람이 들어오면 저나 우리 과를 위해서도 좋죠. 앞으로 흉부외과 발전에 큰 도움이 되겠네요."

제임스 정이란 말에 잠시 당황한 기색을 보였던 김윤찬이 이내 표정을 바꿨다.

"그래그래. 네가 흔쾌히 허락할 줄 알았어. 제임스가 이번에 새로 건립되는 심장 센터의 초대 센터장으로 올 거야. 그러니까 김 교수가 잘 보필해 줘. 한국하고 미국은 근무 환경이 좀 다르잖아? 많이 낯설어할 거야."

이, 이게 무슨 소린가?

쿵, 김윤찬이 순간 심장이 내려앉는 기분이었다.

"뭐, 뭐라고요?"

순간, 김윤찬의 얼굴빛이 흙색으로 변해 버렸다.

"하하하, 사람하곤. 못 들었어? 제임스 신임 센터장을 잘 보필해 달라고."

이 개새끼가 지금 무슨 헛소리를 하는 건가? 센터장 자리는 내 거라고!

이렇게 소리치고 싶었지만, 김윤찬은 차마 입 밖으로 내뱉을 수 없었다.

웅성웅성.

"뭐야? 김윤찬이 안 되는 거야?"

"하아, 미치겠네. 그렇게 간, 쓸개 다 내버리고 물고 빨더니, 결국 이렇게 되는 건가?"

"그럼 그렇지. 연희가 어디야. 감히 지잡대 출신이 언감생심 심장 센터장을 꿈꾼 게 욕심이었지."

한상훈의 깜짝 발언에 조문객들이 수군거렸다.

"그, 그래요?"

당황한 김윤찬이 말을 더듬었다.

"그래! 대승적인 차원에서 김 교수가 그렇게 흔쾌히 받아들여 주니, 내가 맘이 다 편해. 역시 김 교수는 대인배야."

하하하, 한상훈이 목젖이 보이도록 환하게 웃었다.

짖으라면 짖었고 꼬리를 흔들라면 흔들었다. 더러운 일은 죄다 맡아서 내 손으로 처리했고, 기라면 기었다. 그렇게 비굴하게 살면서 결국 여기까지 왔는데…….

이게 뭔가?

겨, 결국 안 되는 건가? 난??

"……."

김윤찬은 붉어진 얼굴로 입술이 뭉개지도록 잘근거렸다.

띠리리리.

바로 그때였다. 김윤찬의 핸드폰 소리가 요란하게 울렸다.

"……."

"김 교수 전화 안 받아? 병원인 것 같은데?"

김윤찬이 멍하니 가만있자, 한상훈이 핸드폰을 가리켰다.

"아, 네네, 받아야죠."

덜덜덜, 김윤찬이 떨리는 손을 부여잡으며 핸드폰 통화 버튼을 눌렀다.

–교수님, 큰일 났습니다. 빠, 빨리 오셔야 할 것 같아요!

연희병원 당직의 레지던트 윤상유의 다급한 전화였다.

"뭐, 뭔데? 나 지금 고함 교수님 상갓집이야. 급한 거 아니면……."

–교수님, 자, 잠깐만요! 정말 급합니다. TA(교통사고)로 응급실에 온 환자인데, 탐폰(심낭압전)에 의한 저혈성 쇼크가 와서, 중심 정맥관 삽입 시술을 했는데…….

"했는데 뭐?"

–했는데……. 실패했습니다. 좌측 내경정맥 중심 정맥관 시술이 안 되어서 다시 우측 내경정맥에 중심 정맥관 시술을 했는데…….

"혈압이 더 떨어졌고 그래서 에피네프린(강심제) 투여했다고?"

–네. 지금 환자 의식 없고 펄스리스(무맥박)입니다! 혈색소 수치가 5.2mg/dl까지 떨어졌습니다!

성인 남성의 정상 혈색소 수치가 13~17인 것을 감안할 때 심각한 빈혈 상태였다.

"누가 했는데?"

–김진우 선생님이요.

"야, 이 개새끼야! 레지던트 3년 차가 삽관 하나 제대로 못 해? 삽관하면서 폐혈관 날려 먹었잖아!"

목에 핏대를 세우는 김윤찬. 그러자 장례식장 안에 있던 모든 사람의 시선이 그에게 쏠렸다.

–그, 그런 것 같습니다. 어떡하죠?

"병신 같은 새끼들! 너희는 대체……. 됐고! 당장 수술방 잡고, 마취과에 노티해!"

김윤찬이 발악하듯 소리를 질렀다.

–지금 임 선생님 퇴근하신 것 같은데……요?

"그래? 그러면 나도 그냥 퇴근할까? 당장 가서 데리고 와. 군소리 말고!"

–네, 교수님! 그렇게 하겠습니다.

"급한 환자인가 보네?"

김윤찬이 전화를 끊자, 한상훈이 모른 척, 김윤찬에게 물었다.

"어, 그, 저 가 봐야 할 것 같습니다."

"그래. 얼른 가 봐."

"네. 아, 알겠습니다."

"김 교수, 조만간 제임스 교수하고 밥 한 끼 하자고! 내가 기가 막힌 한정식집을 알아 놨거든!"

"아, 알았습니다. 저 이만 일어날게요."

충격이 심했는지 김윤찬이 비틀거리며 자리에서 일어났다.

"윤찬아, 차 가지고 왔어?"

조금 전 상황이 맘에 걸렸는지 이택진이 다가와 김윤찬의 팔을 붙잡았다.

"어? 어, 가지고 왔지."

아직 충격이 가시지 않았는지 김윤찬의 표정은 굳어 있었다.

"밖에 비도 오고, 피곤해 보이는데 택시 타고 가지?"

이택진이 걱정스러운 듯 물었다.

"아, 아냐. 택시 타면 5분은 허비해야 하는데, 그러다가 골든 타임 놓쳐. 여기서 멀지 않으니까 내 차로 갈게."

"그럼 내 차 타고 가. 내가 태워 줄게."

"아냐, 괜찮아. 괜히 그럴 것 없어."

"그래도 좀 그런데, 졸음운전이 음주 운전보다 더 무서운 거 몰라?"

"괜찮다니까!"

김윤찬이 신경질적인 반응을 보였다.

"그래, 그럼. 운전 조심히 하고, 아까 미안해. 나도 목구멍이 포도청이라 어쩔 수 없었어. 이해해 주라."

"그냥 가라."

"과장 승진 때도 그러더니 한상훈 저 인간 또 이렇게 배신 때리네? 센터장 승진 기회가 다시 올 거야. 그러니까 귀남이랑 좀 친해졌어야 한다고 그랬잖아?"

"그만하라고 했지?"

김윤찬이 이택진을 매섭게 노려봤다.

"어차피 실력 면에선 네가 타의 추종을……."

"그 조동아리 한 번만 더 놀리면 너 나한테 죽는다?"

김윤찬이 살기 가득한 눈빛으로 이택진을 노려봤다.

"아, 알았어. 미안해. 운전 조심히 해. 그럼."

이택진이 민망한 듯 뒷머리를 긁적이며 멀뚱거렸다.

"야, 이택진! 너 괜한 오지랖 피우지 말고 가라. 좀만 늦으면 국물도 없을 것 같거든?"

"어, 그래."

"얼른 꺼지라고, 지금 널 제일 먼저 죽여 버리고 싶으니까."

"아, 알았어."

이택진이 머뭇거리더니 뻘쭘한 표정으로 한상훈이 있는 곳으로 향했다.

한상훈 주변에 개떼처럼 몰려든 사람들. 그들에게 김윤찬의 센터장 탈락 따위는 안중에도 없었다.

"윤찬아! 운전 진짜 조심해! 밖에 비 많이 와."

그래도 걱정이 되는지 이택진이 뒤를 돌아봤다.

"……."

이택진의 안부는 들은 체 만 체, 김윤찬이 침통한 표정으로 자리를 박차고 나갔다.

한상훈!

내가 이대로 포기할 것 같아?

내 손에 똥 묻히면서 닦아 낼 휴지 한 조각 안 남겨 놨을 것 같니?

세상에 전부 까발려 주마. 연희가 얼마나 더러운 곳인지.

나 혼자는 못 죽어!

같이 죽자, 우리!

그렇게 김윤찬이 차를 몰고 빈소를 빠져나간 지 채 5분도 지나지 않을 무렵이었다.

쾅!

천지를 진동하는 둔탁한 굉음이 장례식장 주변에 울려 퍼졌다.

산부인과 도도한 교수

김윤찬 연구실.

"택진아, 산부인과 도도한 교수에 대해서 어떻게 생각해?"

점심 식사 후, 김윤찬이 이택진과 티타임을 가졌다.

"도도한 교수라……. 이름 그대로 도도하고 고고한 사람이지. 그 사람에 대해서 잘 아는 사람이 별로 없지, 아마?"

이택진이 고개를 갸웃거렸다.

"그래? 특별히 친한 사람도 없고?"

"워낙 조용조용 지내는 스타일이라 별로 친한 사람도 없던 거 같은데? 너도 알다시피 교수 회의 때도 특별한 일 아니면 발언도 하지 않는 사람이잖아? 게다가 산부인과 내에서도 워낙 까탈스러워서 다들 부담을 느끼는 모양이야."

"그래, 최 교수도 그런 말은 하더라. 그래도 실력은 꽤 인정받는 편 아닌가? 내가 알기론 미국에서도 제법 이름이 알려진 걸로 아는데."

후릅, 김윤찬이 차를 한 모금 베어 물었다.

"당근이지. 너 강남에 강병원 알지?"

"뭐, 대한민국 사람치고 강병원 모르는 사람도 있나? 우리나라 최고의 산부인과 전문 병원이잖아? 아니지, 우리나라를 넘어선 수준 아닌가? 아시아에서도 손에 꼽히는 걸로 알아."

"그래그래. 뭐, 시설이나 의사들 대우나 국내 최고 수준을 자랑하는 곳이지."

"그런데 거긴 왜?"

"잘 들어! 소문에 의하면 강병원에서 도도한 교수한테 백지수표를 내밀었다는 말이 있어."

"백지수표?"

"그래. 그만큼 도도한 교수에게 상품 가치가 있다는 걸 의미하지. 그런데 그걸 도 교수가 단칼에 거절했다는 후문이야."

"음, 그러기 쉽지 않았을 텐데."

"당연하지. 나 같으면 한 100억 질렀을 텐데 말이야."

쓰읍, 이택진이 입맛을 다시며 아쉬워했다.

"그럴 일은 없을 테니까 괜한 걱정 하지 마. 그나저나, 도 교수가 왜 그런 엄청난 제안을 거절했을까?"

"글쎄? 워낙 가진 게 많아서 아닐까?"

"음, 모아 둔 돈이 많다, 이건가? 그래도 백지수표는 거절하기 쉽지 않았을 텐데? 게다가 강병원이라면 충분히 욕심낼 만한 곳이잖아."

"음…… 이게 사실인지는 잘 모르겠는데, 떠돌아다니는 소문이 하나 있긴 해."

"무슨 소문? 도도한 교수님에 관한?"

"어. 뭐 항간에는 연희병원의 막후 실세라는 말도 있긴 하거든? 그런데 그거 뜬소문일 가능성이 커. 딱히 권력욕은 없는 사람인 것 같던데?"

"그렇구나……."

"아, 그리고 또 하나 소문이 있긴 한데, 이건 진짜 믿을 건 못 된다."

"그래? 어떤 소문인데?"

김윤찬이 궁금한 듯 의자를 바짝 당겨 앉았다.

"한상훈 과장 와이프하고 도도한 과장 와이프가 절친 오브 절친이라는 소문이야. 두 사람이 워낙 친해서 한 과장과 도 교수도 사이가 돈독하다고 하더라. 근데 사실 좀 신빙성은 낮아. 도 교수가 한상훈 같은 인간이랑 친할 리가 없거든?"

아니지. 열 길 물속은 알아도 한 길 사람 속은 모른다는 말이 괜히 있는 게 아니야.

"그래? 한 과장이랑 친분이 있다는 거지?"

“응, 그렇긴 한데, 믿을 만한 건 아니라니까? 그나저나 그건 왜 물어?”

이택진이 궁금한 듯 물었다.

“어? 아……. 얼마 전에 의학 잡지에 도 교수님 기사가 났길래, 궁금해서 물어봤어.”

“아, 그 라즈베리 관련 기사?”

“어.”

“그건 나도 봤지. 도도한 교수, 완전 라즈베리 신봉자더라.”

“라즈베리가 좋긴 좋지. 라즈베리가 자궁벽을 튼실하게 해 줘서 출산 시에 과도한 출혈을 방지해 주거든. 게다가 프라가린이라고 라즈베리 주성분이 있는데, 이게 골반 근육을 강화해서 출산통을 경감시키는 데 효과가 좋거든. 임상적으로 이미 증명됐기 때문에 미국임신협회에서도 적극 권장하고 있어.”

라즈베리라는 말이 나오자 김윤찬이 줄줄이 읊어 댔다.

“아, 그래? 그런데 네가 왜 그런 걸 줄줄 꿰고 있는 거냐?”

“어?? 어, 그냥. 뭐, 상식으로 알고 있는 거지.”

순간 목부터 붉은 기운이 퍼져 올라오는 김윤찬이었다.

“야, 다른 사람은 속여도 내 눈은 못 속인다. 너 지금 얼굴 완전 빨개졌거든? 말해, 네가 왜 라즈베리 박사가 된 건지!”

이택진이 눈을 가늘게 뜨며 김윤찬을 노려봤다.

"아, 그게……."

김윤찬이 난감한 듯 고개를 숙이며 손가락을 만지작거렸다.

"이나 선배, 임신했지??"

"어??"

"맞구나. 이나 선배 임신했구나?"

"어. 얼마 전에 연락 왔는데, 아이를 가졌다네? 한국 들어올 때까지만 해도 아무 말 없더니."

김윤찬이 쑥스러운 듯 얼굴을 붉혔다.

"캬캬캬, 역시, 역시! 그럴 줄 알았어. 축하한다, 축하해! 드디어 김윤찬 주니어가 세상에 나오는구나? 그나저나 몇 개월이래?"

"이제 5개월쯤 됐나 봐."

"그러면 한국 들어오기 바로 직전이었겠네?"

"그런 것 같아."

"큭큭큭, 응큼한 놈! 아무튼 축하한다. 축하해!"

이택진이 자기 일처럼 방방 뛰며 기뻐했다.

"고마워."

♥

연희병원 1층 로비, 카페 앞.

"안녕하세요, 도 교수님!"

며칠 후, 1층 병원 로비에서 도도한 교수를 만났다.

"아, 네. 안녕하세요."

새침한 표정의 도도한 교수가 가볍게 묵례를 했다.

"좋은 아침입니다! 얼마 전에 교수님께서 쓰신 칼럼 잘 봤습니다."

"무슨 칼럼 말입니까?"

"아, 그 라즈베리 관련된 기사요. 라즈베리가 산모에게 그렇게 좋은지 처음 알았어요. 좋은 정보 감사합니다."

조금이라도 가까워지려는 듯 김윤찬이 관심을 보였다.

"아, 네."

역시나 무덤덤한 표정의 도도한 교수가 고개를 까닥거렸다.

뭐야? 운을 띄웠으면, 뭐라도 물어봐야 하는 것 아닌가?

"하하하, 미국에 있는 제 와이프가 임신을 해서요. 교수님 칼럼이 엄청 도움이 되더라고요!"

"아, 그러시군요. 축하합니다. 그러면 전 이만 가 보겠습니다. 환자 볼 시간이 다 되어서."

역시 까칠하군.

"네네. 그러셔야죠. 그나저나 실례가 안 된다면 내일쯤 교수님과 차 한잔 할 수 있을까요? 제 와이프에 관해 여쭤볼 게 좀 있어서요."

"음, 흉부외과가 그렇게 한가한 과였습니까?"

뾰족하기가 송곳보다 더한 인간이었다.

"아……. 네. 뭐, 우리라고 맨날 비상대기 탈 순 없잖습니까? 가끔 숨은 쉬어야죠."

"후후후, 그렇습니까? 뭐, 그렇게 하죠. 내일 오후 2시에서 3시 사이엔 조금 시간이 됩니다. 그때 제 방에 오시면 차는 제가 대접하도록 하죠."

"아, 네. 감사합니다. 그러면 그때 찾아뵙도록 하겠습니다. 오늘도 좋은 하루 되십시오."

"네, 그럽시다."

도도한 교수가 간단한 인사말을 남기고 도망치듯 사라져 버렸다.

아이고, 찬바람이 쌩쌩 부는구나. 이거 만만치 않겠는걸?

"저기요. 아메리카노 샷만 주세요."

"네."

김윤찬이 투덜거리며 커피를 주문했다.

다음 날, 도도한 교수 연구실.

김윤찬이 케이크 상자 하나를 들고 도도한 교수 연구실로 찾아갔다.

"진짜 오셨군요?"

김윤찬이 안으로 들어가자 도도한 교수가 짐짓 놀란 표정을 지었다.

"아, 네. 오늘 저와 차 한잔 하시기로 하셨잖습니까?"

"네. 그렇긴 한데, 흉부외과 교수님이 저랑 무슨 접점이 있을까 싶어서 의아했거든요. 그냥 인사말이겠거니 했습니다."

"아, 그렇습니까? 바쁘시면 나중에 다시……."

김윤찬이 민망한 듯 뒷걸음질을 쳤다.

"아, 아닙니다. 이왕 오셨으니 들어오십시오. 제가 차라도 한 잔 대접해 드려야죠."

"네, 감사합니다. 그럼 한 잔 얻어 마시도록 하겠습니다."

"네. 그렇게 하시죠. 앉아요. 커피 내오겠습니다."

도도한 과장이 자리를 안내했다.

"아, 이건 그냥 빈손으로 오기 뭐해서 들고 왔습니다. 집에 가져가서 드시죠!"

김윤찬이 자리에 앉으며 케이크 상자를 테이블 위에 올려놨다.

"그게 뭡니까?"

턱짓으로 케이크 상자를 가리키는 도도한 교수.

"치즈케이크입니다. 제가 몇 번 먹어 봤는데, 제법 맛있더라고요. 좀 드셔 보십시오."

"아, 네. 저 단 거 별로 안 좋아하는데??"

"하하하, 달지 않습니다. 담백하니 플레인한 맛이니, 시장기 도실 때 한 조각 드시면 괜찮을 겁니다."

"네에, 알겠습니다. 이유는 모르겠지만 주신 거니 잘 먹겠습니다."

도도한 교수가 케이스도 열어 보지 않은 채, 케이크를 냉장고에 집어넣어 버렸다.

"제 방에는 커피뿐인데, 괜찮으시겠습니까?"

"물론이죠. 저 커피 좋아합니다."

"다행이군요. 드시죠."

도도한 교수가 내린 커피를 머그 컵에 담아 내왔다.

"네! 잘 마시겠습니다. 오, 향이 참 좋군요. 원산지가 어디죠?"

"네. 에티오피아 Bet이에요."

"아, 그렇군요. 제가 알기론 'Bet'은 에티오피아 황제가 직접 지어 준 이름으로 아는데, 맞나요?"

"아, 그런 것도 아십니까??"

도도한 교수가 커피 한 모금을 마시며 조금은 놀란 표정을 지었다.

"그냥 귀동냥으로 들었습니다. Bet은 에티오피아 말로 '집'을 의미한다고 하더라고요. 그래서 Bet으로 인정받은 커피에는 저렇게 황실에서만 쓸 수 있는 황금 사자 문양도 넣을 수 있다고 들었습니다."

김윤찬이 손짓으로 원두커피 케이스를 가리켰다.

"잘 아시는군요. 지금까지 제 방에 오신 교수님 중에는 처음입니다. 이 커피를 알아봐 주신 교수님은."

"아닙니다! 그냥 얼핏 어디서 들은 것 같아서 아는 체해 봤습니다."

냉랭했던 얼굴에 살짝 봄빛 같은 미소가 맺히는 도도한 교수였다.

그렇게 커피로 인해, 단 1mm라도 두 사람의 관계가 조금은 가까워진 듯했다.

"후후, 그래요? 얼핏 아는 것치고는 꽤 깊이가 있군요. 그나저나, 아내분이 임신을 하셨다고 하셨던 것 같은데……."

조금씩 김윤찬에게 관심을 보이기 시작하는 도도한 교수였다.

"네. 이제 임신 5개월에 접어들었는데, 조금 문제가 있는 것 같아서요."

"무슨 문제일까요? 임신 5개월이면 이제 위험한 고비는 넘은 것 같은데?"

하지만 여전히 도도한 표정을 얼굴에서 지우지 않는 도 교수였다.

"음, 실은 대사성 산증 증세가 좀 있는 것 같더군요. 그래서 어떻게 해야 할지 교수님께 자문을 구하려고 이렇게 찾아왔습니다."

"대사성 산증이라……. 임신 초기라면 좀 더 면밀히 검사를 해 봐야겠지만, 지금 5개월이라면 크게 문제는 없을 겁니다. 임신 중반에 들어서면 태아가 급격히 자라게 되는데, 그러다 보면 산모의 신장과 간에 무리가 오게 되거든요."

"아, 그렇습니까?"

"네. 아이가 성장하니 영양소가 많이 필요하게 되고, 그렇게 되면 간과 신장에 부담이 되죠. 그렇게 되다 보니 pH 조절이 잘되지 않아 산증 증세를 보이는 경우가 많습니……."

바로 그때였다.

띠리리리.

도도한 교수의 전화벨 소리가 요란하게 울렸다.

"김 교수, 잠시만요. ……무슨 일입니까?"

도도한 교수가 수화기를 집어 들었다.

—네, 교수님! 지영미 환자가 아까부터 밖에서 기다리고 계십니다. 어떻게 할까요?

"그래요? 잠시만요. 김 교수, 어떡하죠? 지금 환자를 봐야 할 것 같은데?"

도도한 교수가 김윤찬에게 양해를 구했다.

"어휴, 괜찮습니다. 당연히 환자가 우선이죠. 저는 나중에 다시 찾아오겠습니다. 산증 관련해서는 그때 다시 조언 듣도록 하겠습니다."

"그래요. 미안합니다! 다음에 다시 대화 나누시죠. 제가 보기에 아내분께 큰 문제가 있는 건 아닌 것 같으니, 너무 걱정 마세요."

김윤찬의 예의 바른 행동에 도도한 교수가 조금은 경계를 푸는 듯한 인상이었다.

"네네, 감사합니다. 저 먼저 나가 보겠습니다."

그리고 잠시 후.

김윤찬이 도도한 교수실을 빠져나갈 무렵, 밖에서 대기하고 있던 지영미 환자를 볼 수 있었다.

"환자분, 안으로 들어가세요."

"네에."

간호사의 안내를 받아 교수실로 들어가는 그녀.

'잠깐만! 저 사람 얼굴색이 왜 저러지……?'

걸음을 멈추고 한참 동안 여자의 얼굴을 쳐다보던 김윤찬이 고개를 갸웃거렸다.

정상적인 체중보다 다소 몸무게가 나가는 비만형에 입술 주변에 옅은 청색증을 보이는 여자였다.

이 환자의 안색을 본 김윤찬은 그냥 지나칠 수가 없었다.

"저, 환자분?"

김윤찬이 발걸음을 돌려 여자에게로 다가갔다.

"네? 무슨 일이시죠?"

"아, 네. 이 병원 흉부외과 교수 김윤찬이라고 합니다."

자신의 신분을 밝힘으로써 환자를 안심시키려는 김윤찬이었다.

"아, 네. 그런데요?"

하지만 지영미 환자는 약간의 경계심을 보이는 듯했다.

"아, 네. 특별한 건 아니고, 실례가 되지 않는다면 뭐 하나만 여쭤봐도 되겠습니까?"

김윤찬이 최대한 조심스럽게 여자에게 물었다.

"네? 뭔데요? 전 선생님한테 드릴 말씀이 없는데?"

여전히 경계의 눈빛을 놓지 않는 여자 환자였다.

"혹시 최근에 장시간 침대에 누워 계셨던 적이 있습니까? 예를 들면 병원에 오래 입원해 계셨다거나, 아니면……."

"아, 아뇨. 그런 적 없는데요? 왜 그러시죠?"

"음, 그렇군요. 외람되지만 혹시 그러면 출산한 지 얼마 되지 않으셨나요?"

"아, 아닙니다. 전 아이가 없어요."

여자가 단호하게 고개를 내저었다.

"아, 네. 그러면……."

"선생님, 저 바쁜데……. 안으로 들어가면 안 되겠습니까?"

김윤찬의 계속되는 질문에 지영미가 난색을 표하며 뒤로 물러섰다.

"네, 죄송합니다. 그러면 진료 후에 흉부외과에 한번 들러 주시겠습니까?"

"흉부외과는 왜요? 전 심장은 멀쩡한데요?"

"아뇨. 어디가 아프시다는 말이 아니라, 제가 몇 가지 확인해 보고 싶은 것이 있어서요. 지금은 진료를 받으셔야 하니 진료를 받으신 후에, 나중에 시간 나시는 대로 한번 들러 주십시오. 특별히 위험하거나 그런 거 아닙니다."

김윤찬이 경계하는 지영미를 안심시키려고 애를 썼다.

"아, 네. 뭐. 시간 나면 그렇게 하도록 할게요."

그렇게 말하고는 지영미가 총총걸음으로 도도한 교수실로 들어가려 했다.

'하아, 이런 경우는 대개 안 오는데…….'

시큰둥한 표정으로 봐서는 흉부외과에 들를 사람이 아니었다.

이를 눈치챈 김윤찬은 입술을 잘근거리며 안타까워했다.

바로 그때였다.

"여보, 약 타 왔어!"

여자 환자의 남편으로 보이는 남자가 헐레벌떡 뛰어들어왔다.

남자의 손에 약 봉투가 들려 있었다.

"어, 그래요? 제대로 타 왔어요?"

"그럼, 그럼! 한 달 치 주던데?"

"알았어요. 그럼 여기서 기다려요. 저 교수님 뵙고 올 테니까."

"알았어. 여기서 기다리고 있을게. 얼른 진료 보고 나와요."

"네에."

"근처 맛집 예약해 뒀으니까, 이따가 쪽갈비 먹으러 갑시다."

"호호, 네. 알았어요."

지영미가 김윤찬을 힐끗 쳐다보더니 안으로 들어갔다.

"저, 혹시 방금 환자분과는 어떤 관계십니까?"

지영미가 안으로 들어가자, 김윤찬이 남자에게 물었다.

"네? 제 아내인데요? 그건 왜요?"

남자 역시 경계의 눈으로 김윤찬의 질문에 답했다.

"네. 전 이 병원 흉부외과 의사인데, 아내분 안색이 영 좋지 않아서요. 뭐 좀 여쭤봐도 될까요?"

"네? 우리 아내가요? 어디가 많이 아픈 건가요?"

안색이 좋지 않다는 말에 남자의 목소리가 미세하게 흔들렸다.

"뭐. 정확히 그렇다는 건 아닙니다. 그래서 제가 좀 확인을 해 보고 싶어서요. 제가 몇 가지 여쭤봐도 실례가 아닐지 모르겠군요."

김윤찬이 최대한 예의 바르게 남자에게 물었다.

"아, 네 워낙 몸이 약한 사람이라 이래저래 잔병치레가 많아서, 저도 걱정이 많았거든요."

'뭘 확인해야 한다는 거지?'

남자가 걱정스러운 표정으로 중얼거렸다.

그렇게 말하면서도 김윤찬이 입고 있는 가운과 명찰을 유심히 살피는 남자.

이 병원 의사가 맞는다는 걸 확신했는지, 조금은 경계를 푸는 듯했다.

"네. 큰 문제는 아닐 겁니다. 그건 그렇고 좀 전에 보니까 약을 타 오셨다고 하신 것 같은데, 아내분 약인가요?"

김윤찬이 남자가 손에 들고 있는 약 봉투를 가리켰다.

"네. 얼마 전에 아내가 수술을 해서 병원에서 약을 타 온 겁니다."

"수술을 하셨다고요? 어떤 수술을 하신 겁니까?"

수술이란 말에 김윤찬이 급 관심을 보였다.

"음, 큰 수술은 아니에요. 하지 정맥 수술을 했는데, 정형외과에서 약을 타 왔거든요. 왜요? 이게 무슨 문제라도 있는 겁니까?"

"하지 정맥 수술이요?"

"네, 그렇습니다. 연희 병원 본관을 끼고 돌아서 한 50미터 가다 보면 사거리 왼쪽에 있는 은혜정형외과에서 수술받았거든요. 수술은 아무 문제 없이 잘 끝났다고 했는데……."

남자가 여전히 걱정스러운 표정을 감추지 못했다.

아……. 하지 정맥 수술을 받았다는 거지?

뭔가 감이 잡히는 것이 있는지 김윤찬이 고개를 끄덕였다.

"그렇군요. 그러면 혹시 제가 뭐 하나만 더 여쭤봐도 되겠습니까?"

"네, 말씀하세요."

"혹시, 아내분이 응고 항진성이 있다는 얘기를 들어 보신 적이 있나요?"

"응고, 뭐라고요?"

남편이 잘 모르겠다는 듯이 고개를 갸웃거렸다.

"아, 네. 응고 항진성이라고, 혈액이 응고하려는 경향이 정상보다 높은 걸 의미해요. 몸에 혈전이라고 피딱지가 잘 생기는 걸 말합니다."

"아……. 제가 자세하게는 잘 모르겠는데, 병원에서 그런 말을 한 적은 있는 것 같아요."

"어떤 말이요?"

"제 아내 피가 잘 뭉쳐서 혈액순환이 잘 안 되니, 아스피린 같은 걸 주기적으로 먹어 주면 좋다고 그랬던 거 같은데……. 병원에서는 별거 아니라고 했던 것 같은데, 그게 큰 병인가요?"

남자가 걱정이 가득한 얼굴로 물었다.

음, 평균적인 여자 체중에 비해 비만인 체형, 거기에 하지정맥 수술을 했고, 하이퍼코아귤러어빌리티(응고 항진성)를 가지고 있다면?

김윤찬이 심각한 표정으로 남자의 말에 귀를 기울였다.

"아, 아닙니다. 그런 건 아니고, 산부인과 진료를 마치시면, 남편분이 아내분을 모시고 흉부외과에 들러 주세요."

"네? 아내가 많이 안 좋은 겁니까?"

환자 보호자 입장에선 의사의 말 한마디에 심장이 덜컥할 수 있는 것. 남자가 깜짝 놀란 듯 물었다.

"아닙니다. 별거 아닐 수도 있으니, 너무 걱정하지 마세요. 제가 몇 가지 확인을 해 보고 싶은 게 있어서 그렇습니다."

"아, 네. 알겠습니다. 선생님!"

"네. 저는 김윤찬 교수라고 합니다. 제가 명함을 드릴 테니, 꼭 제 진료실에 들러 주세요."

"네, 알았어요."

남자가 김윤찬이 내민 명함을 받아 들었다.

하지만 그날 저녁까지 남자와 그의 아내 지영미 환자는 김윤찬을 찾아오지 않았다.

다음 날, 오전이 지나도록 지영미가 찾아오지 않자 김윤찬이 도도한 교수를 찾아갔다.

"무슨 일이십니까? 김 교수?"

생각지도 않은 김윤찬의 방문에 도도한 교수가 시큰둥한 반응을 보였다.

"네, 실례지만 제가 교수님께 여쭤보고 싶은 게 있어서요."

"그래요? 흉부외과 교수가 산부인과에 볼일이 뭐가 있을까 싶군요? 뭐, 궁금한 게 있다니 일단 앉으시죠."

도도한 교수가 턱짓으로 소파를 가리켰다.

"네, 감사합니다."

"요즘 절 자주 찾아오시네요? 흉부외과가 원래 그렇게 한가한 곳입니까?"

여전히 도도한 교수의 태도는 냉랭했다.

"환자를 보고 그냥 지나칠 수 없어서 왔습니다."

"네? 그게 무슨 말씀입니까? 산부인과에서 흉부외과 환자를 찾다뇨?"

"산부인과 환자가 흉부외과 환자가 될 수도 있고, 저희 과 환자가 산부인과 환자가 될 수도 있으니까요."

"허허, 그래서 이렇게 한달음에 달려오신 겁니까?"

"네, 생각보다 상황이 좋지 않은 것 같아서요. 실은 어제 교수님실 앞에서 환자 한 분을 뵈었는데……."

김윤찬이 도도한 교수에게 어제 만난 지영미에 관한 얘기를 꺼냈다.

"음……. 그래서요?"

도도한 교수가 다리를 꼬고 앉아 퉁명스럽게 물었다.

"제가 보호자분께 흉부외과에 들러 달라고 했는데, 오늘 오전까지 오질 않아서요."

"그래서요? 뭐가 문제라는 겁니까? 환자가 의사를 선택하는 거지, 의사가 환자를 선택하는 것이 아니잖소? 흉부 쪽에 문제가 생기면 흉부외과로 가겠죠."

도도한 교수가 김윤찬의 대답에 냉소적인 태도로 응대했다.

"그건 그렇지만, 여자 환자분의 안색이 너무 좋지 않았기에 걱정이 돼서 말입니다."

"허허허, 요즘 흉부외과는 관상까지 봅니까? 미국에 가서 의술을 연마하고 온 게 아니라, 관상학을 공부하고 오셨나 보군요?"

모욕적인 발언이다.

도도한 교수의 태도는 매우 고압적이었고, 기저에는 타 학교 출신인 김윤찬에 대한 멸시가 깔려 있었다.

"뭐, 관상이 환자 치료에 도움이 된다면 배워서 나쁠 건 없겠지요."

하지만 김윤찬 역시, 예전의 곁가지 김윤찬이 아니었다.

도도한 교수의 모욕적인 발언에 발끈하지 않고, 부드럽게 대응하는 김윤찬.

미국에서도 인정받는 의술을 갖춘 그. 김윤찬은 곁가지 출신이라고 하대하기엔 이미 큰 나무였다.

"그래요? 뭐가 그렇게 김 교수의 눈에 위태롭게 보였습니까? 내가 보기엔 큰 문제 없어 보이던데요?"

"문제가 있는지 없는지는 확신할 수 없지만, 미리 대비해서 나쁠 건 없다고 생각합니다."

"그러니까 안색 좀 살펴보셨다고 무슨 병에 걸린지 알 수 있다는 겁니까? 김 교수가 화타라도 되시오?"

도도한 교수의 표정에 노기가 가득해 보였다.

"그럴 리가요. 몇 가지 검사만 해 봤으면 해서 드리는 말씀입니다."

"이보세요, 김윤찬 교수, 우리도 수술 전에 필요한 검사는 다 했습니다."

"그 환자가 수술을 합니까?"

"흠흠흠, 제가 그랬습니까?"

도도한 교수가 입을 삐죽거리며 헛기침을 했다.

"혹시 어떤 수술을 하기로 되어 있는지 여쭤봐도 되겠습니까? 교수님?"

김윤찬이 수술이란 말에 즉각적으로 반응했다.

"제가 그런 것까지 김 교수님한테 얘기해야 할 이유는 없을 것 같은데요? 그건 환자 개인 정보에 관한 사항입니다."

"네. 그렇긴 하지만, 만약을 위해서 제가 알고 싶습니다. 교수님!"

"이보세요! 김 교수! 지금 우리 과를 무시하는 겁니까? 수술은 내가 결정하고 내가 집도합니다. 환자가 수술에 부적합한 상황이라면 그 또한 내가 판단하고요! 그러니까, 괜한 오지랖 피우지 마시고 돌아가세요. 나와 우리 과를 무시하는 것 같아서 매우 불쾌하군요! 제기랄, 미국에서 아주 못된 것만 배워 왔군!"

도도한 교수가 극대로한 얼굴로 자리에서 일어났다.

"네. 미국에서는 조금만 이상 징후를 보여도 끝까지 추적하고 관찰하고 진단해서 병의 근원을 밝히는 걸 배웠죠. 한국에서 그것이 못된 것이라면, 네! 저는 못된 것만 배워 왔습니다."

"아, 아니, 이 사람이 지금 뭐라고 하는 거야?"

도도한 교수가 얼굴이 벌게지도록 목소리 톤을 높였다.

"분명히 말씀드립니다. 그 지영미라는 환자분, 지금 정상인 상태 아닙니다. 반드시 흉부외과에서 진료를 받아야 합니다. 후회하실 일은 하지 말아 주십시오."

김윤찬이 단호한 태도로 도도한 교수에게 맞섰다.

"뭐? 뭐라고 큰일이요? 지금 날 협박하는 겁니까? 그래서, 지금 당장 환자를 당신한테 보내라는 거요?"

"그러면 더 좋겠죠. 최대한 빨리 치료를 받아야 할지도 모르니까요."

"뭐 이런 건방진……. 당장 나가시오. 더 이상 그 모욕적인 언사를 참을 수가 없군요!"

도도한 교수가 손가락으로 문 쪽을 가리키며 버럭거렸다.

"네, 그렇게 하겠습니다. 다만, 이것 하나만 밝혀 두죠.

지영미 씨는 입술 주변에 청색증, 보통 체격의 여성보다 훨씬 비만인 체격, 그리고 최근에 하지 정맥 수술을 했던 경력이 있고, 응고 항진성을 앓고 있을 확률이 매우 높은 환자입니다."

"그래서요?"

"만약에 사전 예방 없이 자궁근종 절제술 같은 걸 받았다간, 그 환자 죽을 수도 있습니다!"

"뭐? 뭐라고요?"

"전 이만 가 보겠습니다!"

쾅, 김윤찬이 거칠게 문을 닫고 밖으로 나갔다.

'건방진 놈! 까마귀가 분칠한다고 황새가 되는 게 아니라는 걸 모르는가 보군.'

도도한 교수가 기분이 상한 듯, 이빨을 드러내며 불편한 심기를 감추지 못했다.

며칠 후, 도도한 교수 진료실.

김윤찬이 경고했지만, 자궁근종을 앓고 있던 지영미 환자는 곧 수술을 진행할 예정이었다.

"말씀드렸다시피, 환자분의 자궁에 2.5*1.8센티 정도 크기의 근종이 발견되어, 수술을 하시는 것이 좋을 것 같습니다. 내일 수술 스케줄을 잡았으니, 오늘부터 금식하시기 바랍니다.”

그러나 도도한 교수는 김윤찬의 경고를 무시하고 자궁근종 수술을 강행할 생각이었다.

“그런데 교수님! 꼭 수술을 해야만 하는 건가요?”

지영미의 남편이 걱정스러운 듯 물었다.

“뭐, 원하시지 않으면 안 하셔도 됩니다만. 크기도 크기려니와 근종이 계속 커지게 될 겁니다. 근종도 종양의 일종이거든요. 지금 안 하시더라도 결국에는 더 큰 수술을 하실 수도 있습니다. 그래도 괜찮다면 편한 대로 하시죠.”

도도한 교수가 고압적인 태도로 보호자를 타이르듯 설명했다.

“아뇨. 그게 아니고, 얼마 전에 여기 병원 김윤찬 교수님이란 분이 흉부외과 쪽에 검사를 좀 받아 보시라고 했던 것이 걸려서요.”

지영미 남편이 도도한 교수의 안색을 살피며 조심스럽게 말했다.

“네, 그래서요?”

“네? 아, 네. 우리 아내 안색이 좀 안 좋고, 그게 뭐더라……. 피가 보통 사람보다 더 잘 굳는 걸 말하던데…….”

지영미 남편이 고개를 갸웃거렸다.

“그래서 수술을 하시겠다는 겁니까? 안 한다는 겁니까?”

"아니, 인터넷에 찾아보니까, 그 김윤찬 교수님이란 분이 꽤 유명하신 분이더라고요. 그래서 혹시나 해서 교수님께 여쭙는 겁니다."

"정 그렇게 의심이 되신다면, 다른 병원에 가서 수술받으십시오. 이렇게 의사를 믿지 못하시면 저 역시 곤란하군요."

흠흠, 도도한 교수가 불편한 기색을 숨기지 않고 드러내며 헛기침을 했다.

"여보! 저, 괜찮아요. 그냥 수술받을래요. 자꾸 교수님께 왜 그래요? 이분이 얼마나 유명하신 분인데……."

지영미가 도도한의 눈치를 보며 남편의 팔을 흔들었다.

"죄, 죄송합니다. 교수님! 제가 워낙 걱정이 되어서……."

"음, 어디서 무슨 얘기를 들으셨는지는 모르겠지만, 우리과도 수술 전에 필요한 검사는 전부 합니다. 그러니까 확인되지 않는 부정확한 정보에 귀를 기울이지 마십시오."

김윤찬이 한 말을 확인되지 않은 부정확한 정보로 취급하는 도도한 교수였다.

"아무리 그래도 이 병원에서 유명한 의사 선생님이시던데."

"하시겠습니까, 안 하시겠습니까? 수술!"

도도한 교수가 까칠한 표정으로 따져 물었다.

"아이고, 수술받도록 하겠습니다. 당연히 받아야죠."

의사가 이렇게 말하면 겁먹지 않을 보호자나 환자가 어디 있겠는가?

지영미 남편이 위축된 표정으로 연신 고개를 끄덕였다.

"네, 그러면 그렇게 알고 있겠습니다. 자세한 건 담당 간호사가 설명해 줄 테니, 지시에 잘 따라 주시기 바랍니다."

"네에."

도도한 교수의 고압적인 태도에 잔뜩 주눅이 든 지영미와 그의 남편이었다.

♥

김윤찬 연구실.

수술 당일 아침. 지영미의 남편, 박상현이 김윤찬을 찾아왔다.

"선생님, 드릴 말씀이 있습니다."

"네, 말씀하십시오."

"실은……."

박상현은 김윤찬에게 도도한 교수가 결국, 자궁근종 수술을 강행하기로 했다는 얘기를 해 주었다.

"그랬군요."

"네. 아내는 그런 거 신경 쓰지 말라고 하는데, 저는 선생님께서 하신 말씀이 영 개운치가 않아서요. 어떻게 해야 할지 몰라서 이렇게 찾아왔습니다."

"네에. 그러니까 아내분의 병명이 자궁근종이라는 거죠?"

"그렇습니다."

자궁근종이라…….

평소에 건강한 사람이라면, 자궁근종 수술 절제술만으로 폐색전증이 야기되거나 그로 인해 기존의 폐색전증이 악화될 가능성은 별로 없다.

하지만 환자가 DVT(정맥혈전증)를 앓고 있는 환자라면 얘기는 180도 다르다.

이건 완전히 다른 문제가 된다. 결국, 자궁근종 수술이 폐색전증 유발, 또는 악화에 직접적인 원인이 될 수 있다는 말이 된다.

이 수술은 해서는 안 돼!

잠시 눈을 감고 생각을 정리한 김윤찬이 내린 결론이었다.

"수술을 연기할 순 없습니까?"

김윤찬이 박상현에게 물었다.

"아뇨. 아내가 도 교수님에 대한 신뢰가 엄청나요. 외람되지만, 교수님이 괜히 유명세를 타시려고 일부러 그러는 거라고 생각하고 있거든요. 제 말을 잘 듣질 않아요."

"……."

"하지만, 전 교수님이 하신 말씀이 자꾸 신경이 쓰이더라고요."

"아내분이 다리 수술을 하신 것 맞죠?"

"그렇습니다."

"평소에 다리가 잘 붓습니까?"

"네네."

"통증이 발생하면 발가락까지 통증이 전달되고, 통증 부위가 불그스름하게 변합니까?"

"네네! 맞습니다. 불그스름하게 변하기도 하고, 뭔가 짓누르는 통증이 온다고 했어요. 그리고 걸어 다닐 때 압정 같은 것에 찔린 것처럼 따끔거린다고 했어요."

DVT가 맞는 게 확실하다!

"음, 몇 가지 간단한 검사만 하면 확인할 수 있습니다. 그것도 불가능하겠습니까?"

"이제 수술 시간이 얼마 남지 않았는걸요? 불가능하지 않을까요?"

"그렇군요. 지금 환자분 산부인과 병동에 입원하셨죠?"

"네, 그렇습니다. 별관 3층 310호에 있어요."

"수술 시각은요?"

"오늘 오후 3시에 한다고 전해 들었습니다. 어떻게 해야 하죠?"

박상현이 걱정스러운 듯 물었다.

"지금 남편분의 말을 들어 봐서는 아내분이 정맥혈전증이란 병을 앓고 있을 확률이 높아요. 이대로 수술을 하면 위험

할 수도 있습니다."

"그럼 어쩌죠? 어떻게 해야 합니까?"

"수술을 연기하거나, 예방을 하면 됩니다."

"아! 예방이 가능한 겁니까?"

"그렇습니다. 충분히 가능하니 너무 걱정하지 마십시오."

"아, 그렇습니까? 그러면 전 교수님만 믿겠습니다."

"네. 제가 도 교수님과 잘 상의해서 안전하게 수술받을 수 있도록 해 보겠습니다."

"네네. 감사합니다, 교수님!"

박상현이 김윤찬을 향해 허리를 90도 각도로 숙여 인사하고는 연구실 밖으로 나갔다.

정맥혈전증이 있는 환자, 그대로 자궁근종 절제술을 하면, 폐색전증이 올 수도 있다.

정맥혈전증 자체는 그리 심각한 병이 아니나, 자궁근종 절제술로 인해 합병증이 유발된다면, 심할 경우 다발성 장기부전으로 사망에까지 이를 수도 있다.

하지만 방법이 없는 것은 절대 아니다. 아니, 어떻게 생각해 보면 간단하다.

수술 전에 혈액 응고를 방지하기 위해 충분한 헤파린을 투여해 주고, 수술 후에는 경구용 항응고제인 와파린을 복용하게 한다. 또한 누워 있기보다는 걷게 해 주면 폐색전증 발생 확률을 현저히 낮출 수 있을 것이다.

하지만 내가 아는 도도한 교수라면 끝까지 자기의 생각을 굽히지 않을 터.

난 지금부터 그 방법을 찾아야 한다!

김윤찬이 의자에 몸을 기대어 앉아 눈을 감고 생각에 잠겼다.

'그래! 그렇게 하면 되겠군! 굳이 내가 나설 필요는 없지 않을까?'

잠시 후, 김윤찬이 입가에 미소를 띠며 눈을 떴다.

당일 오후 2시, 지영미 환자의 자궁근종 수술 1시간 전.

"환자분, 컨디션은 좀 어떻습니까?"

지영미 환자의 주치의를 맡고 있는 산부인과 레지던트 4년 차, 안은주가 병실로 들어왔다.

"네. 괜찮아요, 선생님."

"네네. 표정이 밝으신 것 보니 어제 푹 주무셨나 봐요?"

안은주가 환한 표정으로 지영미의 손을 잡아 주었다.

"네, 잘 잤습니다."

"네, 다행이네요. 도도한 교수님이 워낙 이 분야 권위자시니까 아무 걱정 안 하셔도 되세요."

"넵! 저도 워낙 유명하신 분이라 마음 놓고 있어요."

"맞아요. 자궁근종 절제술 분야에선 도 교수님을 따라올 선생님이 안 계시거든요. 아마, 깨끗하게 재발 없이 제거해 주실 겁니다."

"네, 고맙습니다."

"네. 우선 수술 들어가기 전에 주사 하나를 놔 드리려고요. 손등에 놔 드려야 해서 조금 아플 수 있어요. 따끔할 겁니다."

"네에. 선생님! 그런데 죄송하지만 무슨 주사인지 여쭤봐도 될까요?"

걱정이 되는지 지영미가 안은주에게 물었다.

"네. 그럼요! 헤파린이라고 항응고제인데, 쉽게 말씀드리면, 혈액이 굳지 않게 해 주는 약물이에요. 마취제를 쓸 경우에 간혹 혈액이 응고되는 현상이 있거든요. 그걸 방지하려고 놔 드리는 거예요."

안은주가 헤파린에 대해 친절하게 설명해 주었다.

"아, 네. 그렇군요."

지영미가 그녀의 설명에 안심하는 눈치였다.

"그럼 놓겠습니다. 따끔해요!"

헤파린이 굳는 것을 방지하기 위해 링거 중간에 있는 접속부를 제거한 후, 식염수에 희석해 지영미의 손등에 정맥주사했다.

몇 시간 전, 도도한 교수 연구실.

"그러니까 지영미 환자가 DVT(정맥혈전증)를 앓고 있다는 건가?”

“그렇습니다, 교수님! 제가 지영미 환자와 면담을 해 본 결과, 의심이 들어서 검사해 보니 DVT가 맞는 것으로 확인되었습니다. 거기 차트를 보시면 됩니다.”

“그래? 용케 발견했네?”

도도한 교수가 자신의 제자 중 가장 총애하는 안은주였기에 그의 표정은 부드러웠다.

“네, 운이 좋았습니다.”

“음, 그래서, 수술 전에 헤파린을 투여하자고 제안했던 건가?”

“그렇습니다. DVT가 있다고 해서 수술을 못 하는 건 아니지 않습니까? 수술 전에 헤파린을 투여해 주고, 후에는 경구용으로 와파린을 복용하게 하면, 큰 문제는 없을 것이라고 생각합니다.”

“후후후, 은주 너, 제법 눈썰미가 있구나? 그나저나 지영미 환자가 정맥혈전증이 있다는 걸 어떻게 안 거니?”

“음, 며칠 전에 면담을 해 보니, 최근에 종아리 수술을 받았던 경험이 있더라고요. 게다가 입술 주변에 약간의 청색증도 보이고, 체중도 평균 체중보다는 비만인 것도 컸고요. 그리고 결정적으로 절뚝거리기에 물어봤더니, 무릎 아래 종아리 부분에 잦은 통증이 있었다고 해서 의심해 봤습니다.”

“음……. 역시 날카롭군. 근데 말이야. 은주야, 혹시…….”

흐뭇한 미소를 지어 보이면서도 뭔가 찜찜한 표정의 도도한 교수였다.

"네?"

"아, 아니다. 네가 그렇게 판단했다면 맞는 거겠지. 아주 훌륭한 판단이었어."

"네! 감사합니다, 교수님! 미리 교수님께 말씀드렸어야 했는데, 수술이 임박해서 미처 사전 보고를 못 드렸습니다. 죄송합니다."

"아니야. 이런 중요한 건 선조치 후 보고하는 게 맞아. 잘했다! 돌아가신 네 아버지도 널 자랑스럽게 생각하실 거다. 아주 훌륭하게 잘 자랐어."

작고한 안은주의 아버지, 안중석은 도도한 교수의 둘도 없는 죽마고우였다.

"네, 감사합니다."

"그래. 이제 시간이 다 된 것 같구나. 나 경의실에 들러서 수술복으로 갈아입고 갈 테니, 먼저 나가서 준비하거라."

"네, 교수님! 그러면 수술방에서 뵙겠습니다."

안은주가 정중히 인사한 후, 밖으로 나갔다.

김윤찬 교수가 은주한테?

설마, 그럴 리가 없지 않은가? 김윤찬이 독심술이 있는 것도 아니고, 내가 은주 이 녀석을 아낀다는 걸 알 리가 없잖나.

조금은 찜찜했지만, 애써 김윤찬과의 연관성을 부정하려는 도도한 교수였다.

6시간 전, 김윤찬 교수 연구실.

띠띠띠띠.

김윤찬이 핸드폰을 꺼내, 누군가에게 전화를 걸었다.

"안은주 선생?"

—네? 제가 안은주인데, 누구십니까?

"네. 저는 흉부외과 김윤찬 교수라고 합니다."

—아, 네. 교수님이 무슨 일로 전화를…….

"잠시 시간 되시면, 저랑 커피 한잔 하실래요?"

—네에. 시간은 괜찮은데, 무슨 일이신지…….

"뭐, 조금 중요한 얘기? 아무튼 잠깐 시간 되시면 만났으면 하거든요? 제가 가도 좋고, 안은주 선생이 이쪽으로 오셔도 좋고요."

—아, 네. 그러면 제가 흉부외과 병동으로 가겠습니다.

"좋아요! 그러면 기다리겠습니다."

—호호호, 네. 저야 영광이죠. 저도 교수님 팬이거든요. 한국에 들어오셨다는 소식 듣고 무척 궁금했습니다.

"그러시군요? 저야말로 영광입니다. 때마침 향이 좋은 콜

롬비아 원두커피가 들어왔거든요? 같이 차 한잔 합시다."

-네. 곧 찾아뵙겠습니다.

'음, 꿩이 안 되면 닭이라도 잡아야 하지 않겠나?'

전화를 끊은 김윤찬이 한쪽 입꼬리를 말아 올렸다.

김윤찬 교수 연구실.

연락을 받은 안은주는 곧바로 그의 연구실을 찾아갔고, 김윤찬이 내온 커피를 마시며 지영미에 관한 이런저런 대화를 나눴다.

"음, 저도 좀 이상하긴 했어요. 최근에 보니 다리 통증을 심하게 호소하시더라고요."

"그래요. 아무래도 정맥혈전증이 있다면 그런 증세를 호소할 겁니다."

"그러니까 교수님 말씀은, 지영미 환자가 정맥혈전증이 있으니 수술을 연기하거나 선치료를 해야 한다는 말씀인 거죠?"

"그래요. 가능하면 검사를 하면 좋겠는데, 도 교수님이 워낙 완고하시고……. 게다가 제가 주제넘게 타 과 일에 관여할 사항도 아니고 해서 난감했습니다."

"훗, 도 교수님은 제 아버지 같은 분이세요. 고집도 세시고 자존심은 천장이 없으신 분이시죠. 그래도 김 교수님이

제안하시는 건데, 그건 좀 심했네요."

안은주가 안타까운 듯 입을 삐죽거렸다.

"아뇨, 저라도 그랬을 겁니다. 분명 각자의 영역이 있는 건데, 제가 좀 경솔했던 것 같아요. 저는 도 교수님이랑 정말 친해지고 싶은데, 어디 그게 쉽지 않군요."

"아하! 그러시구나. 도 교수님, 바둑 엄청 좋아하세요. 아마 밥보다 더 좋아하실걸요?"

아……. 바둑을 좋아하는구나.

"그러시군요."

김윤찬이 고개를 끄덕였다.

"혹시 교수님 바둑 두실 줄 아세요?"

"네, 그냥 좀 둡니다."

"와우, 잘되셨네요. 그러면 우리 교수님이랑 좀 더 친해지실 방법을 찾으신 겁니다."

헤헤헤, 안은주가 환하게 웃었다.

"그렇군요. 그나저나 바둑은 나중에 다시 얘기하기로 하고, 다름이 아니라 제가 안 선생을 만나자고 한 이유는……."

"저도 알아요! 그러니까 저보고 지영미 환자를 좀 살펴 달라는 거죠? 정말 정맥혈전증을 앓고 있는 건지?"

"역시, 도 교수님이 아끼실 만한 재원이시군요. 네, 맞습니다. 아무래도 도 교수님하고는 좀 더 친해질 시간이 필요한 것 같아서요."

"헤헤헤, 네. 그건 너무 걱정 마세요. 제가 지영미 환자 주치의니까 어렵진 않을 거예요. 그나저나 저도 도 교수님이랑 교수님이 친해졌으면 좋겠어요! 우리 교수님 은근히 속정이 깊으신 분인데, 겉으로는 괜히 저러세요. 속은 안 그러면서."

칫, 안은주가 살짝 인상을 찌푸렸다.

"네. 안 선생님이 많이 좀 도와줘요. 저도 도 교수님이랑 엄청 친해지고 싶답니다."

"네네! 그런 건 걱정 마세요. 아마, 우리 병원에서 도 교수님이랑 저만큼 친한 사람도 없을걸요? 워낙 까칠하신 분이라 친구가 없어요."

헤헤헤, 안은주가 해맑게 웃었다.

"그래요. 그러면 부탁 좀 할게요. 대신, 도 교수님께 제 얘긴 하지 말아 주세요. 별로 달가워하지 않을 겁니다."

"그럼요! 저도 그 정도 눈치는 있어요. 그나저나 교수님! 좀 전에 도 교수님이 절 아끼신다고 말씀하셨는데……. 그거 엔간하면 아는 사람 없는데, 어떻게 아셨어요?"

안은주가 궁금한 듯 물었다.

당신 결혼식 때, 손을 잡고 들어간 사람이 바로 도도한 교수였으니까.

"아……. 그거요? 아, 그게 그냥……."

"아하, 돌아가신 저희 아버지랑 도 교수님이 절친이셨던 걸 아셨구나? 언젠가 신문 칼럼에 기사가 실렸던 것 같은데,

맞죠?"

이미 답정너인 안은주였다.

"네네! 맞아요. 그래서 대충 어림짐작했는데, 진짜 맞았네요! 제가 이렇게 촉이 좋은 사람이랍니다."

"호호호, 그러네요. 아, 우리 교수님이랑 친해지실 수 있는 팁 하나 드릴게요. 나중에 질 좋은 안동소주 들고, 바둑 두러 가세요. 그러면 나라 팔아먹은 원수 아닌 이상, 엔간하면 집안에 들이실 거예요. 이건 확실합니다!"

"아, 그래요? 알겠습니다."

그렇게 김윤찬은 꿩 대신 닭을 자신의 편으로 만들 수 있었다.

그의 입가에 만족스러운 미소가 맺혀 있었다.

김윤찬의 선택!

보통 적과 싸울 때, 적장을 다루는 방법은 두 가지다.

죽여서 후환을 없애거나, 내 편으로 만들거나.

장고에 빠진 김윤찬이 선택한 방법은 후자였다.

즉, 이번 지영미 환자 건에 김윤찬이 관여하지 않았으면 분명히 수술 후 큰 문제가 일어났을 것.

그렇다면 도도한 교수는 의료사고에 연루되어 곤욕을 치렀을 것이다.

이걸 김윤찬이 해결해 준 것.

결국 김윤찬은 도도한 교수를 자신의 편으로 만들기로 결심했다.

도도한 교수 자택.

김윤찬과 안은주 덕분에 지영미 환자의 수술은 큰 문제 없이 잘 마무리되었다.

안은주의 조력을 받은 김윤찬이 손에 안동소주와 조개로 만든 바둑알 세트를 들고 도도한 교수 댁을 방문했다.

"음……. 어서 오시오."

자신이 아끼는 제자, 안은주의 간곡한 부탁이 있었기에 들어주기는 했으나, 여전히 김윤찬은 도도한 교수에겐 불편한 사람이었다.

"네, 교수님! 초대해 주셔서 감사합니다."

"뭐, 초대라고 할 것까지는 없고. 지난번에 내가 김 교수한테 좀 심한 것 같아 사과하는 의미이니, 받아 줬으면 합니다."

도도한 교수가 퉁명스러운 말투로 답했다.

"아닙니다. 교수님께서 사과하실 이유가 없습니다. 초대해 주신 것만으로도 전 영광입니다."

"음, 그래요. 이왕 오셨으니, 식사나 한 끼 하시고 가세요."

"네, 감사합니다. 그나저나 이번 지영미 환자 수술, 성공적으로 잘 끝났다는 소식 들었습니다. 축하드립니다."

"그 소식은 누구한테 들었습니까?"

"아, 네. 안은주 선생한테 들었습니다."

"음, 김 교수가 안 선생하고 접점이 없을 텐데요?"

도도한 교수가 의심스러운 눈빛을 거두지 않았다.

"아, 별거 아니고, 안은주 선생이 지영미 환자에 대해 궁금한 점이 있다고 저한테 물으러 와서요."

"궁금한 점?"

"네, 그렇습니다. 지영미 환자한테 몇 가지 문제가 있는 것 같다고 하더군요. 정맥혈전증이 의심된다고요."

"그래요? 안 선생이 직접 김 교수를 찾아가 그리 말했던가요?"

"네, 그렇습니다. 저도 때마침 그 부분을 걱정하고 있던 터라, 제가 알고 있는 지식 범위 내에서 설명을 해 줬습니다."

"음, 그렇군요."

그제야 도도한 교수가 조금은 의심의 고리를 잘라 내는 듯 보였다.

"네, 굉장히 총명하고 당찬 제자를 두셨습니다. 지영미 환자의 증세를 정확히 짚어 내더군요. 아주 탐이 나는 레지던트였어요."

"네에, 똑똑한 아이입니다."

"네, 맞습니다. 앞으로 우리 병원 산부인과를 이끌어 갈 훌륭한 재원이라고 생각합니다."

"뭐, 그 정도까지는 아니고. 아무튼, 지난번엔 제가 결례를 범했습니다. 너그럽게 이해해 주길 바라오."

도도한 교수가 마지못해 김윤찬에게 사과했다.

"결례라뇨? 그런 것 없습니다. 오히려 결례는 제가 범한 것 같습니다. 원내에서 타 과 업무에 관여하지 않는다는 건 불문율 아닙니까? 다시 한번, 사죄드리도록 하겠습니다."

"……."

김윤찬의 예의 바르고 겸손한 태도에 조금은 표정의 변화를 보이는 도도한 교수였다.

"그리고 이거 약소하지만, 빈손으로 오기 좀 뭐해서 준비했는데 마음에 드실는지 모르겠습니다."

김윤찬이 도도한 교수에게 정성스럽게 포장된 안동소주 세트를 내밀었다.

"이게 뭡니까?"

도도한 교수가 김윤찬이 내미는 보자기 꾸러미에 마뜩잖은 듯 퉁명스럽게 쳐다봤다.

"방금 말씀드렸듯이 빈손으로 오기 민망해서……."

"도로 가져가십시오. 저 이런 거 반갑지 않습니다."

도도한 교수가 보자기 꾸러미를 슬며시 밀쳐 냈다.

"별거 아닙니다. 너무 부담스러워하시지 않으셔도……."

"아뇨, 불편하군요. 그러니 도로 가져……."

"음, 지인이 안동 토박이신데, 잘 빚은 소주가 나왔다고 해서 몇 병 들고 왔습니다. 맘에 드실지 모르겠지만, 제 성의니 받아 주십시오."

도도한 교수의 말이 끝나기도 전에 김윤찬이 재빨리 말을 이어 나갔다.

"아, 안동소주라고요?"

안동소주란 말에 도도한 교수의 얼굴이 밝아지기 시작했다. 안은주의 말대로 안동소주라면 자다가도 벌떡 일어난다는 말이 맞는 모양이었다.

"네, 그렇습니다."

"흠흠흠, 그, 그래요?"

보따리를 바라보는 도도한 교수의 눈빛이 조금은 옅어지는 듯했다.

"네네. 맛이 너무 좋다고 하기에 교수님과 한잔하려고 가져왔으니, 큰 부담 가지지 마십시오."

"그, 그래요? 내가 소주를 즐겨 마신다는 걸 알고 있었습니까? 제 뒷조사라도 하고 다니시는 겁니까?"

하지만 여전히 까칠한 도도한 교수였다.

"아, 아뇨! 그럴 리가요. 전혀 몰랐습니다! 전 혹시나 술을 좋아하지 않으시면 어쩌나 걱정했는데. 즐겨 마신다고 하시니 정말, 정말 다행입니다."

김윤찬이 모른 척 시치미를 뗐다.

"흠흠, 뭐. 격무에 시달리는 의사치고 술 안 좋아하는 사람이 있나?"

도도한 교수가 고풍스러운 사기 주병에 담긴 소주를 신줏단지 모시듯 정성스럽게 매만졌다.

"네네, 맞습니다. 저도 소주라면 자다가도 벌떡 일어나는 편이라……. 아, 그리고 이거도 가져왔는데, 맘에 드셨으면 좋겠습니다."

김윤찬이 명품 바둑알 세트를 도도한 교수 앞에 내놓았다.

"어라? 이건 바둑알 아니오?"

바둑광인 도도한 교수. 김윤찬이 명품 바둑알을 내놓자 본능적으로 눈동자가 부풀어 올랐다.

"네. 조개껍질로 만든 백알과 오석으로 빚은 흑돌 한 쌍입니다. 제가 잘은 모르나, 바둑알의 가치는 백알로 정해진다고 하는데, 맘에 드실지 모르겠습니다."

"음……. 백알 표면이 매끈하고 윤기가 흐르는 게 제대로 된 걸 가져오시긴 했구려."

말은 무심하지만 반짝이는 눈빛이, 흥분된 자신의 감정을 숨기기 어려운 도도한 교수였다.

"네. 제가 아는 모든 상식을 동원해서 골라 봤습니다."

"음, 이게 꽤 값이 나갈 텐데?"

"교수님과 친분을 쌓는 일보다 값이 나가진 않을 듯합니다. 미국에서 좀 오래 살다 보니, 손해 보는 장사는 안 하게 되더라고요?"

"허허허, 사람하곤. 그래서, 바둑알을 가지고 왔다는 건 바둑을 둘 줄 안다는 뜻으로 해석해도 됩니까?"

도도한 교수가 김윤찬을 보며 처음으로 웃었다.

"네. 미천한 실력이나, 그저 교수님의 상대는 되어 줄 실력은 될 듯합니다."

"껄껄껄, 말처럼 쉽지 않을 텐데? 엔간한 실력으론?"

확실히 좀 전과는 다르게 표정이 밝아진 도도한 교수였다.

"네. 엔간한 실력은 되는 것 같습니다. 교수님!"

"하하하, 그래요? 그토록 장담하니 그 실력이 궁금해지는군요. 좋습니다. 일단, 식사부터 하시고 찬찬히 한번 둬 보십시다."

자신과의 대국이 가능하다는 말에 그동안 단단히 잠겨 있던 도도한 교수의 빗장이 풀어지는 순간이었다.

"여보! 손님 시장하겠구려. 식사 준비 좀 해 줘요."

"네, 준비해 뒀어요."

도도한 교수가 명랑한 목소리로 목소리 톤을 높였다.

후후후, 이렇게 되면 꿩하고 닭 둘 다 가질 수 있게 되는 건가?

김윤찬이 바둑알 보며 눈을 빛내는 도도한 교수를 물끄러

미 응시했다.

그렇게 조금씩, 도도한 교수가 김윤찬의 손안으로 들어오고 있었다.

♥

그리고 한 달 후, 김윤찬 교수 연구실.

"교수님!"

장영은이 헐레벌떡 김윤찬의 연구실로 들어왔다.

"무슨 일이야? 호떡집에 불이라도 났나?"

"아니요, 그게 아니고요. 지금 방금 양윤정 코디님한테 연락이 왔는데요. 우리 은진이 심장 나왔답니다!"

올해로 6살이 되는 선천성 심장병 환아, 정은진.

심장이식 말고는 대안이 없던 그 천사 같은 아이에게 제 2의 심장이 되어 줄 뇌사자의 심장이 나왔다는 반가운 소식이었다.

"뭐라고? 확실해?"

자리에서 벌떡 일어나는 김윤찬.

"네네. 이제 우리 은진이 살았어요, 교수님!"

장영은이 방방 뛰며 제 일처럼 기뻐했다.

"됐어! 일단 내가 양 코디를 만나 보도록 하지."

김윤찬이 양 주먹을 불끈 쥐었다.

이곳 소아 심장병 센터에 입원한 지 4년이 되어 가는 은진이.

그 천사같이 예쁜 아이에게 마침내 하늘이 심장을 내려 주셨다.

다음 권으로 이어집니다